変化はいつも突然に……

毎日、ふと思う⑯　帆帆子の日記

浅見帆帆子
Hohoko Asami

廣済堂出版

カバー・本文イラスト／浅見帆帆子

つれづれなるままに、日くらし、硯《すずり》にむかひて、
気の向くままに　毎日パソコンに向かい
心にうつりゆくよしなし事を、
ふと思いつく何気ないことを
そこはかとなく書きつくれば、
なんとなく書いていると
あやしうこそものぐるほしけれ。
不思議なほどワクワクしてくる

吉田兼好
浅見帆帆子

2016年1月1日（金）

あけましておめでとうございます。

この日記シリーズも16冊目。新年にあたり、珍しく感慨深げに昔の日記を読み返してみた。本になり始めたのは16年前だけど、その前にもかなりの量。まあ、その一部は、「今もし私がいなくなって、この日記が世に出たら恥ずかしすぎる!!」なんて思い、あるとき家の暖炉で燃やしたからだいぶ減ったけど。


お昼から家族が集合。和やかにお節を囲み、すき焼きを食べ、書き初めをする。

書き初めって、「その年をその言葉で縛る」ということ。究極の言霊《ことだま》の力。

迷いなく筆をとって一番に書き始めた弟の言葉に笑った。

「整理整頓」

小学生か！（笑）

私は篆書《てんしょ》体で「新しいステージでの開花」と書いた。今年はこれまでのいろいろなことが開花しそうな気がするし、ちょっと新しいステージに上りたいと思っているので。

弟の奥さんは、「幸せの連鎖」、「心の高まりと飛躍」。

みんないい言葉。

どうでもいい話をしながら朝から夜までエンドレスに食べ続ける。

1月2日（土）

新年になったけど、なんだかパッとしない。

初夢には、素敵な遊び仲間のC姉さんが出てきた。私がC姉さんをどこかに迎えにいくという設定だけど、4時までに仕上げないといけない仕事があって、「とにかく4時に迎えにいきますから！」「とにかく4時ね！」と言い合う夢。

夢ってなんなんだろうね。一時期、次の本につけるタイトルをよく夢の中で見たものだけど……。

仕事部屋のほうにきている年賀状を見に行く。

午後は、明後日からのハワイの荷物を詰めて空港宅配便に出す。

ハワイに行く前に、私の心の友達に会っておこうと思って連絡した。みんなすぐに予定を調整してパパッと日にちを決める。

午後、突然誘われて「007」の新シリーズを観に行ったらなかなかよかった。モリモリと仕事をやりたくなった。世界中を飛びまわって仕事をするイメージ。今は飛びまわる必要性、まったくないけど（笑）。

1月3日（日）

書き初めで書いた「新しいステージでの開花」の「新」という篆書が、パッと見ると蜘蛛《くも》の足みたいで嫌だなあ、と思っていたら、

「そう？　僕は人がガッツポーズしているように見えるよ」

と友達に言われて、急に愛着が湧いてきた。

たしかに……素敵だ。


心の友達に会いに、神戸屋キッチンへ。

この心の友達（ウーちゃんとチーちゃんと私のママ）は、言うなれば、魂でつながっている者同士だと思う。会うたびに、スピリチュアルな話をグッと深めることができる。話終わったあとのすがすがしさ、未来へのワクワクした気持ちがこみ上げる。

スピリチュアルって、生きることそのものだよね。

話の流れから、「深大寺」に行くことになった。なぜ深大寺に行くことになったかといえば、食事をしているときに突然ウーちゃんにある言葉が浮かんだ、それをスマホで調べてみたら、それが深大寺の中にある「天璋院様《てんしょういん》」がおまつりされている場所であることがわかったから。

「ここって、水木しげるさんのお膝元らしいよ」

というウーちゃんの言葉を聞いて、私とママさんは顔を見合わせる。

水木しげるさんは、私と母の最近のブーム。水木さんが生前よく話していたという「幸福の7カ条」というのが素晴らしかったから。中でも、「好きの力を信じる」「目に見えない世界を信じる」なんて、あの時代にそんなことを言える人だから、あんなすごい漫画が描けたんだなと妙に納得。水木さんの名前が出たので、俄然、行く気になってきた。

夕方から、仕事。ちょっとワインを飲みながら。

1月4日（月）

午前中、仕事の続きをして、お昼前から深大寺に行く。

深大寺って、こんなに広いエリアだとは知らなかった。境内や参道にもお蕎麦屋さんがたくさんあって賑わっている。

まず本殿に行って、ウーちゃんに言われた「天璋院様」にお参りする。お蕎麦屋さんの中の一角だった。ふ～む……まあきっと、これもなにか意味があるんだろう。

せっかくだから水木しげるさんの記念のものをなにか買おうと思い、さんざん迷って目玉おやじと鬼太郎の置物を買った……ふ～。それとおまんじゅうも。

帰って、掃除をしてから空港へ。


飛行機の中で観た映画『マイ・インターン』がよかった。最近、ずっとファッションのことを考えていたので。続けてもう一度観る。


今、「ハレクラニ」のプールサイド。やっぱりハワイはいい！　本当にいい。

チェックインしてから、ひとつ先の便で来ていた友達をプールサイドで探す。いたいた、趣味は「ハレクラニで日焼け」というTさん。すでに黒い。

私たちは近くをブラブラした。ジミーチュウで靴を2足と真っ赤なスエードのセカンドバッグを買う。それからアルマーニとマックスマーラで洋服も。

夜ごはんは、「和さび」で。先に来ていたおしゃれなYちゃんも合流して4人で楽しく。

後ろのテーブルに東山紀之と木村佳乃の家族がいた。

1月5日（火）

今、ホテルのプールサイド。

ここにいると、小さな頃を思い出す。

私は生まれて8ヶ月くらいのときから、毎年数ヶ月ほどハワイに滞在していて幼稚園もこっちだった。小学生以降も夏と冬はハワイだったし、当時は父の友人たちもたくさんいた。この数年はハワイから離れていたけど、この雰囲気を味わうとやっぱりまた頻繁に来たいな、と思う。

ハンバーガーを食べる。2列前に、また東山紀之と木村佳乃の家族がいる。ふたりの子供のために一生懸命な様子が微笑ましい。

日焼けが趣味のTさんは、また今日も一日中オイルを塗って寝転がっている。

日差しをなにより愛していて、泳げないTさん、チョコレート色にテロテロ。

たまにムクッと起き出して、みんなでおしゃべり。

ところで、海外に来るとよくあるんだけど、また私のパソコンだけネットの調子が悪い。私のだけ……。これはもう、ネット環境から離れなさいということだと思うので、パタンとマックを閉じる。

夜は、ハワイ在住のNピーと会う。アラモアナセンターの中で食事をしてから、カハラにお茶を飲みに行く。Nピーと一緒に来た、元吉本興業で仕事をしていたという女性の話が面白かった。吉本の人って、芸人さんではなくてもみんなこんなに面白いのかな。

その後、一日の締めに、おしゃれなYちゃんと日焼けのTさんと私とママさんでホテルでお茶。

感性やファッションの感覚が合う人と一緒にいるのは、とても楽しい。特に旅先では。日焼けのTさんとおしゃれなYちゃんはそれぞれにファッションのスタイルがあって、それを楽しんでいる。ハワイでの時間の過ごし方も私たちと合う。

つまり、特に予定もなく、プールサイドでダラダラして、気が向いたらおしゃべりしたり、買い物を楽しんだりというボーッとした感じ。そして、それぞれがひとりで行動できる自立した人たち。

旅は、そういうものが合っていないと苦しくなるよね～、なんてことをとりとめもなく話す。誰かの家のリビングにいるみたい。

1月7日（木）

10時まで寝坊する。きのうは2時頃までみんなでおしゃべりして、それから3時頃まで日本に電話してから寝た。

おしゃれなYちゃんは今日のお昼の便で帰り、日焼けのTさんは今日も日焼けへ、私は地元の友達とママさんと買い物。

途中、お店からサービスのチョコレートの箱をいただき、うれしい気持ちでつまみながら。いろいろ見つかった。友達もずっと探していたらしいイメージどおりの洋服やベッドリネンがあったらしい。

「買い物は出逢いだから、見つけたときに買わないとあとから探してももうないよね～」

「ほんとほんと。いざそれを探しに行くとなかなかないのに、思わぬときに意外なところで見つかるよね～」

「だからいつもアンテナを張ってないと」

「……ねえねえ、思ったんだけど、買い物でずっと欲しかったものが見つかるのって、最高に引き寄せの法則じゃない？」

「そっかぁ、そうだね～。ずーっとそれを思っていて、ちゃんと探して、だから最後に必ず見つかる……」

「思いがけないところで見つかったり。だから見つけたときに迷わず反応しないと逃しちゃう……結構深いよね」

「好きなものだからワクワク思い描いているし、なにがなんでも欲しい、とまで執着していないから、いつの間にか忘れていて、忘れる頃に目の前に現れる……と」

「人生だね」

一番たくさん買い物をした店で、ママと同年齢くらいの日本人の店員さんと仲良くなった。日本での家も近いし、私の誕生日が息子さんと一緒らしい。アメリカ人と結婚していて、今はハワイで不動産業をしている……ちょうど新しい不動産屋さんが必要だったそうなので、よかったね。

今回、ママさんにはとてもたくさんの引き寄せが起こっている。

お買い物レベルから、人との出逢いから、もう少し大きなことまで。こうだといいなと思っていたことが今回のハワイで次々と実現しているそうだし、もっと気楽なこともそう。たとえば、「～～だったりして～」と気楽に言ったことが本当にそうなったり。

「そんなに引き寄せるようになった原因はなにかある?」

と聞いたら、

「うん、だって精神レベルを上げてるもの」

だって。


夕方、ホテルに戻り、毎週水曜にやっているハレクラニのカクテルアワーに出た。

フィンガーフード数種類とシャンパンをとって庭のテーブルへ。いろんな人がハッピーニユーイヤーの挨拶をしている。

「ハレクラニって、私やっぱり好きだわ〜」

「このちょっとぼけた定番の水色も、ホテルのショップも、この風景も……すべてね」

「いるだけで気持ちがよくなる、このすべてね」

と、日焼けのTさんとママさんと3人で、ここに来て何回目であろうセリフを繰り返す。


夜は、Nピーが誘ってくださった会食へ。

日本食レストラン「凛花《りんか》」。

日本の画廊オーナー夫妻、フランスの領事館関係者たち、そして私たち。

隣に座ったハワイ在住のフランスの女性が、すごく素敵だった。

帰りは、その方がホテルまで送ってくださった。


ホテルに帰ったら、メールにうれしい報告がきていた!!

ハワイに来る前に、神様にお願いしてきたことが本当になった!!!

やっぱり、神様の力はすごい。ああ、もうこの気持ちを忘れず、毎日感謝しよう。

1月8日（金）
朝、波の音で目が覚める。

プールサイドにコーヒーを取りにいく。

小さい頃、ハワイで使っていたコンドミニアムについて、「ねえ、どうして○○タワーズ売っちゃったの？」と行くたびにパパさんに聞いている。今あったら、2ヶ月に一回は来るんだけどな。

でもホテル滞在にするか所有するかって迷いどころ。コンドミニアムにすると、結局、そのうちの奥さんが料理しなくちゃならない。奥さんが料理好きで、人がたくさん集まるようならいいけど……そのうちのスタイルによるよね。

「コンドミニアムだと、朝起きてプールサイドに降りていってもコーヒーがあるわけではないのよ!?」

「そうだよね……、ハンバーガーが出てくるわけでもない」

「ビュッフェもないし……」

「パンケーキを食べたかったら自分で焼かなくちゃならない……」

最後の夜は、知人の妹さんのお店「Kona Kai Sushi」に行く。地元のお客さんでとても賑わっていた。

1月10日（日）

日本に帰ってきた。日本、寒い。

洗濯したり、掃除をしたり。やる気にあふれた時差ボケな夜。

旅行のときって、いつも目の前の「ここ」だけを見ているから、今を生きているって感じがする。プールサイドに寝転がっているだけでも、それを選択してそれを堪能して味わえている。先のことも考えていないし。

ここでも、毎日旅行している気分で暮らそうっと。

1月11日（月）

ママさんと、昨年あたりからよく行く「いつものあそこ」へお参りに行く。

ハワイにいるあいだにうれしいニュースが飛びこんできたので、その御礼参り。

日本はまだ、お正月の雰囲気が残っている。

街角にしんしんとした感じが居座っている。

交差点の一番左のレーンにいるタクシーを停めて、乗る前に運転手さんに「ここ、まっすぐ行けますか？」と聞いたら、乗ってから「いいですね〜、その質問」と言われた。ここで停められたらもう左に曲がるしかない、という場所で停められて、「まっすぐ行って欲しい」と言うようなお客さんが多いんだって。

「でもそういうのは車に乗る人じゃないとわからないんだよね」とも。

そして、この近くの交差点で警官が隠れて取り締まっている場所を教えてくれた。

点数を稼ぐために、「こんな場所で取り締まりをする必要ある？」というところで「我が意を得たり」という顔で捕まえてくる警官って本当に嫌ですよね～、という、あるある話をする。警察官も大変だね。みんなの「嫌い」というエネルギーが集まっているからね。

「いつものあそこ」は、まだ初詣の雰囲気だった。

たっぷりと御礼の気持ちを伝える。


テクテク歩いて、スタバへ。

シナモンロールを食べて、ハワイの話をして、幸せな気持ち。

帰りに青山のマーケットでピンクのバラを買う。

お店の人によれば、このピンクのバラは特に刺激が好きらしい。だから毎日少しずつ先端をカットすると長持ちするという。

「バラで、ハサミの刺激が好き、というのもおかしな話なんですけどね」

と話す花屋のおばあさんがかわいらしかった。

1月12日（火）
今日からしばらく執筆期間。
昨年から物語を書いているんだけど、続きがどんなふうになるかドキドキする。

1月13日（水）

まだ時差ボケで、朝5時頃に起きている。

今週はなにも予定を入れないように頑張ったので、朝から晩までたっぷりと本が書ける。

たまに、思い出したように食事をつくる。最近は、ほとんど酵素玄米。

1月14日（木）

今日も、穴倉執筆生活。プチひきこもり。

仕事部屋が居心地よく、天国に感じる。

ある会社のロゴマークと社名のデザインを頼まれた。

1月15日（金）

テレビで宮崎駿さんの特集をやっていたので、久しぶりに『天空の城ラピュタ』を観る。

宮崎さんはやはり天才だと思う。

「この人に会いたい」という人って私は本当にいないんだけど、宮崎さんにだけは会ってみたい……というよりも、この人がたくさん話して動くのを見ていたい。

1月16日（土）

ほぼ一週間こもって、全体の感触がつかめた。たった一週間で？　とも思うけれど、そんなもの。

夜はしょうが焼きをつくる。テレビで、ブロッコリースプラウト（ブロッコリーの苗木）を数日おきにほんの少し食べるだけで体脂肪が減る、と言っていたのでスプラウトも食べる。

1月17日（日）

早起きして、近くのカフェで友達とコーヒーを飲む。

この気持ちのいいテラス席で、今後のいろいろについて話すのが好き。私の癒しスポット。

ほとんどのことは、それが実際に起きる前にサインがきているなと思う。実際にことが起きてからはじめて、「実はあのときちょっと気になったんだよね〜」と思い出したりするけど、注意深く見ていれば、気をつけるべき点は必ずわかる。

今、私にもひとつある。これまではAという方法や気持ちで大丈夫だったのだけど、ここでちょっとやり方を変えたほうがいいんじゃないかな？　と感じること。今までと違うことが起こっているから……。これまでと違うことが起こったら、柔軟に形を変えよう。

外の席にいたから、すっかり体が冷えちゃった。

明日は大雪らしい。初釜で着物だけど、大丈夫だろうか。

1月18日（月）

今、朝の6時半。外は雪。

お風呂でテレビを見ていたら、なかなかすごい雪になっているらしい。

7時すぎに、いつもの着付けの方から連絡があった。7時半までに連絡するとして、着物にするかどうかを考える。

もうこの時点ではタクシーを呼ぶことはできないだろう。でもたぶん、大通りは普通に車が走っていると思う。問題は大通りに出るまで。そこまで着物で歩くのは無理……着物はやめようかな、でも今日は着ていきたい着物があるからな……一番嫌なのは、大事をとって洋服にしたら、意外とすぐにやんでみんなは着物で来ていたというパターン。すでに、雨に変わってきているし……。結構長く考えたけど、結局やめた。

9時半頃にママさんが来て、

「この風じゃあ、すぐにずぶ濡れよ。着物は無理無理」

と言われてホッとする。

初釜はいつもどおり、とどこおりなく済む。

終わってから、茶道仲間の家でお茶。着物じゃなくてよかった。

「あのときあんなにお世話になったから」とか「昔からの知り合いだから」とか「今でも親

同士が仲がいいから」というような理由に縛られすぎて、もうとっくに相手との旬の関係は終わっているから離れたいのに、昔のままの関係性を維持しなくてはいけないと思いこんでいることってあるよね、という話になった。

そんな関係性、苦しい！

たとえば男女の関係で、あのとき私の命を救ってくれるくらい助けになったから、この人にはもう愛情がないけれど離れるわけにはいかない、そんな罪作りなことはできない、というようなこと。

苦しい、苦しすぎる。友達同士でもそう。そんなこと言ったら、どこまでそれに縛られていかなくてはいけないのか。もう十分なんじゃない？　そのときお世話になったことは十分感謝しているし、離れたからってその気持ちがなくなるわけではないし。

茶道仲間の彼女には長いあいだそういう友達がいたそうだけど、昨年ついに「違う列車に乗った」そうだ。それぞれの世界に向かって、新しい船出。

ふたりの関係性を聞いていると、結局は、相手が彼女に嫉妬していたのだろう。相手はそう思っていなくても、「本当は私もこの人みたいになりたい、どうしてこの人ばかりうまくいくのだろう」という感情があった。または、そのうまくいっている彼女に乗じて、「自分もうまくやりたい（でもうまくいかない）」という歯がゆさ。

どちらかが嫉妬の感情を持ってしまうと、その関係でそれが消えることはなかなかないと思う。嫉妬をする組み合わせは、結構永遠にそのままだ。同じような状態でも嫉妬にならない組み合わせもあるから、これはもう相性の問題だと思う。

だから、自分が嫉妬をする側でもされる側でも、嫉妬のエネルギーを感じたら、静かにそっとそこから離れたい。影響を受けないところまで離れる、ということ。それもひとつの関係。


さて夜は、友達と、今月末の「ホホトモサロン」の会場でイタリアンを食べる。

今日は雪のおかげで客が少なく、店長さんとゆっくり話ができた。

その後、近くのバーへ。

通りに面しているお店のドアを開けたら、中にものすごくおしゃれな空間が広がっていた。広いジャズバー。奥行のある店内の壁には天井までレコードがギッシリ。広いカウンターの中には、レトロで立派なスピーカーがドーンとある。

カウンター席で薄い水割りを2杯飲む。

1月19日（火）
頼まれていた会社のロゴができた。
先方がとても気に入ってくださったそうで即採用となり、よかった。

先週買ったピンクのバラ、今日も先端をチョキンと切る。

ソファに寝転がって、しばらく緑を眺める。

1月24日（日）

今日は楽しいホホトモサロン。

休憩も入れながら3時間、話した。

少人数のこのスタイルはいいね。今の私が思っていることをホホトモさんたちにダイレクトに伝えられる。

今日からしばらくは、「ワンランク上の人生を生きるために必要なこと」というタイトル。この「ワンランク上」という基準は、自分がそう思えればいい。最近前より毎日が楽しいとか、前より流れがよくなっているとか、充実しているな、と感じられること。状況は人それぞれだけど、そうなるためのコツは共通している。心からと体からの両方にある。それらについて「私の場合は……」を話す。3時間なんて、あっという間。


終わってから、友達と最近気に入っているカジュアルなビストロへ。

今日のサロンのことを話しながらいい気分で飲んでいたら、友達が声をひそめて言った。

「ねえ、後ろにいるの、帆帆ちゃんの親戚？　じゃない？」

そーっと振り返ると、びっくり。すぐそこのテーブルに従姉や従姉の子供たち、合わせて5人が座ってた。こんな狭い店内で。

しかも、向こうの家族もそれぞれ別々にこのお店に来て、偶然に中で会ったんだって。従弟のひとりはたまたま彼女と一緒に来ていて、一気に家族に遭遇してしまうという……（笑）。

「ねえ、どうして私の親戚ってわかったの？」

と教えてくれた友達に聞いたら、

「この近くに住んでいるって言ってたし、顔の系統が似てるから」

え？　それだけで？　すごくない？

1月25日（月）

物腰は穏やかでジェントルマンっぽく感じられるけれど、自分の思いどおりにならないと我慢ができないという知人（男性）がいる。相手が自分の思いどおりにならないとわかると、言葉巧みにその相手の悪口を他の人に言ってまわる。

その器の小ささが……言うなれば「女子的」。

ああ、そうか……この人は、世間での自分の評判や、他人にどう思われるかということばかりを気にして生きているから、気に入らない相手がいるとその人の悪口を言ってまわるんだな。世間の評判を落とすことがなによりも相手のダメージになると思いこんでいるんだろう。まったく困らないのにね。

相手を攻撃するのって、自分の中に怖れがあるときだと思う。または幸せではないとき。

1月26日（火）

友人たちと銀座の天ぷら屋さんへ。安倍昭恵さんも一緒だったので、その後官邸に行く。

総理がいらした。お化けが出るらしい薄暗い廊下と階段のところはサササッと小走りで通過。

1月27日（水）

ハワイで一緒だった日焼けのTさんとおしゃれなYちゃんと美しいC姉さんが、誕生日のお祝いをしてくれた。今日も、この噛み合っているようないないような独特の楽しさにお腹を抱えて笑う。このメンバーだけが出せる雰囲気。

楽しかった、ありがとう。

1月29日（金）

39才の誕生日。

楽しみなディナーになにを着るか決めるだけで、午前中が終わった。

最近ちょっと太り気味なので、昼間はなにも食べない予定だったのに、食べちゃった。しかもいつも以上にしっかりと。

お昼すぎからスタッフが来て仕事をする。単純作業は、一緒にするとはかどる。どんなふうに文房具を置いて、どんな手順で進めるとうまくいくかを考えて黙々と進めた。

夜になったら雨が降ってきた。すごく寒い。タクシーを降りて、お店の地下に降りるちょっとのあいだも凍えそう。

デートの相手は先に着いていた。一番奥のちょっと隠れた席。

食事が始まる前に、突然プレゼント。

え？　なに？　もう他にもビッグなプレゼントをもらっているけど!?

私が欲しかったサングラスだった。売り切れだったのに探してくれたんだって。うれしい……特にこういう気持ちがね。

2月1日（月）

今日は穴八幡宮に行く予定だったのだけど、起きたら喉が痛くて頭がボーッとするので、延期してもらうことにした。明後日（3日）までに「一陽来復」のお守りを取りにいかないと、今年の恵方に向けて貼ることができない。明日は行けないから、チャンスは明後日のみ。

夕方、汗出しをしたらだいぶよくなったので仕事をした。

ベッドの上でママさんと電話したらフツフツと仕事がしたくなり、気付いたら、ベッドの上にパソコンを持ち込んで5時間も書いていた。この風邪っぴきの日が、今週で一番はかどった日だなんて……。

やる気の波はいつやってくるかわからない。

2月2日（火）

風邪はだいぶよくなった。

今日も午前中はゆっくり寝て、そのあと時間をかけてゆっくり掃除をする。たった一日寝ただけで体力が落ちている気がするのでゆっくりゆっくり、疲れたらすぐに横になって、1時間かけて床を拭く。あっちこっちに埃《ほこり》が積もっている。

夜は、心の友ウーちゃんとチーちゃんが誕生日のお祝いをしてくれた。

5時に、「ひらまつ」からケータリングが届いた。ドアを開けたとき、ホテルのボーイさんかと思った。

とっておきのシャンパンをあける。

ウーちゃんが「赤福」の大福を持ってきてくれた。赤福が毎月1日に出しているという大福で、中でも2月1日に売る「立春大吉」という縁起のよいお餅をどうしても私に食べて欲しかったらしく、そのためだけに名古屋まで買いに行ったというウーちゃん。これだけのために……私に食べて欲しいというためだけに、とんぼ帰り……彼氏みたい……。

そして、たしかにそれはものすごく美味しかった。もっちもちで、あんこはしっとり。

ふたつ食べて、残りは冷凍にする。

ひらまつのケータリングもとてもよかった。今までの中で一番かも。

みんなで笑って、エネルギーをチャージ。

2月3日（水）

早起きして仕事。

チーちゃんからLINE。今チーちゃんが「いつものあそこ」へお参りしたら、6日の初午の日に「吉祥」のお串を配っていることがわかったらしい。

「吉祥」って、今年のはじめ、私が深大寺に行くきっかけになった言葉。

そして初午の日は、「いつものあそこ」に神様が降りた日で、さらに一粒万倍日ということで、「6日は絶対にお参りに行こう」ということになった。お昼頃に行くとすごい人だそうなので、早朝に。

「で、帰りに○○で、美味しい朝ごはんでも食べようよ～」

「いいね～、モーニング♪モーニング♪」

「車で行くと入れないかもしれないから、私はタクシーで行きます！」

「私も！　今、タクシーを予約しました！」

など、LINEが飛び交い、またあっという間に決まった。


さて今日は、おととい行けなかった早稲田の穴八幡宮に行く。「一陽来復」のお守りをもらいに。

お昼すぎ、車で友達を仕事先に迎えに行く。大手町の、あの石畳の、ビジネスマンやOLさんがたくさんいる通りに車を停めて待つ。

今私が乗っている車は、ある外車のヴィンテージカー。ワケあってしばらくこれに乗っているのだけど、ものすごく車が好きな人に思われて困る。こだわりの強そうな。

外に停めていると、年配のいかにも車が好きそうなおじさんに声をかけられること、多し。でも私自身がそれに詳しくないので、なにかを聞かれてもなにも答えられない……。

そしてさすがヴィンテージカーで、昨年末からエンジンのかかりが悪く、外でエンジンをかけるときは、一回でうまくかかるかドキドキする。

こんな個性的な車に乗っていながら、街中でJAFを呼ぶことになったら本当に大変、目立つのがなによりも嫌。バッテリーは去年取り替えたばかりだから、原因は違うところにあると思うんだけど……よくわからない。

それからエンジンオイルも漏れているんじゃないかな。ガレージの床につくオイルの染みがだんだん大きくなっているような気がするので……。でもこれも、この車種が好きな人たちに言わせると、エンジンオイルが少しずつ漏れて黒い染みができることも、珍しいことではないという……なんだよ、その車！

まあ、無事に着いて、神社の近くにあいていた白枠に停める。


今日は寒い。

お守りを受け取れる最後の日なので、少し行列ができていた。きのうまで貼っていた、去年もらったお守りを箱に返す。

友達は、壁に貼る用とお財布に入れる用と、さらに黄色い布のお財布まで買っていた。ここにしばらくお札を入れておくんだって。

仕事部屋で豆撒きをする。「拾うのが大変だからほどほどにしたほうがいいよ」なんて言われたけど、そんなのつまらないから、大量に撒いた。

夜の23：40にアラームが鳴った。お守りを貼りつける準備だ。

リビングの中心から恵方を測った。

今年は真南より少し東寄りが恵方なので、その方向に向かった反対側の天井近くが貼る位置になる。つまり、北より少し西寄りの天井に近いところだ。

00：00ちょうどに貼りつけないといけないので、5分ほど前から台に上り、NHKをつけてスタンバイ。いろんな人から「これから台に上ります」とか「スタンバイOK」とかいうLINEが入ってきて、笑った。

それらを読んでいたら、おっとあっという間に00：00。

無事、ペタっとして、任務終了。

オニは外へ!!
それ
それ
そ〜れっ!!
妙にテンション高く
まきまくる……

2月4日（木）

立春だ。冷凍しておいた立春大吉の大福を食べる。

一応、私はこの2年間が天中殺だった。能力者などに、「あなたは暦や方位など、その手のものにはほとんど影響を受けない」と言われてきたけど、やはり影響はゼロではないと思うので、終わってとてもうれしい。「天中殺よ、さようなら」だ。

よく、「天中殺の時期は、流れが向い風なので、おとなしく勉強したり準備をしたりするなど、ジッと機会を待ってゆっくり楽しむといい」というようなことを聞くけど、自然とそれをできていたような気がする。

そして、天中殺に入ってすぐに再会してすごく仲良くなったある人のおかげで、この2年は本当に楽しかった。この時期にこの人の支えがなかったら、もっと味気ないものになっていたんじゃないかな、と思う。

お昼から、東京駅にできた新しい鉄鋼ビルディングのグランドオープン祝賀会に出席する。会場内は、男女の比率が99：1くらいだった。

祝賀会のあと、このビルの最上階に入った会社の会長さんと、新社屋へ。

会社の入り口は、奥のほうの廊下まで蘭の花で埋め尽くされていた。

角の会議室からの眺めが素晴らしかった。その部屋のガラス張りの角に立って真下を見ると、「呉服橋」の交差点の真上に立っているような感じになる。この一番上等な部屋は、契約の捺印をするのに使うらしい。

「円」の形に見えるあの緑の屋根は日銀の建物、ちょっと顔を上げると「四季報」の看板……この東京の街を見下ろすこの部屋……こういうところに立って「成功した」と思いたくなる男どもの気持ちがちょっとわかる。

それからゆっくりと話をする。こんなにゆっくり話をしたのははじめてじゃないかな……。

一番心に残ったのは、「ビジネスをするとき、常に相手（お客様）の立場で考えている」ということろ。相手が望んでいる以上のことを返すこと、自分の話し方、考え方が、相手からどんなふうに見えるか、どんな提案をすれば、相手が「この人（会社）と付き合ってよかった」という幸せを感じてもらえるか、ということを常に考えている。そうしながら、自分たちの希望するところへ進めていく（もちろん、利益を考えるビジネスだから）。

「離見の見」という世阿弥の言葉。「離見」の反対は「我見」。自分がどう舞いたいかではなく、相手からどう見えるかという、相手の立場に立った見方をいつも大事にしているというところ。

「相手のことを考える」……これはある意味、「よく聞く表現」だと思う。これをただのテクニックとして捉えると、相手によく思われるために、相手をよい気分にさせるために気をつかう、話し方を考える……という似て非なるただの「よいしょ」になってしまったり、「そうするべきだろう」という「～するべき」にならっているだけになりがちだけど、この会長は「本当に楽しい」というのが全身からあふれている。他人への押しつけがましさはゼロ。今もまだまだやりたいことがたくさんあってワクワクするんだって。

「帆帆ちゃん、まだ39才!?　じゃあ、なんでもできるね～」

と言われ、妙に鼻息荒くビルをあとにした。


なんだか世界が輝いて見える。夕方の仕事部屋で、楽しく物語を書いた。


夜はリッツに住んでいる友達の家で、恒例のホームパーティー。いつものメンバーのひとり、カッツが先日結婚した。その大人な結婚話が面白かった。

「なんか今日のカッツ、キレが悪くない?」

「やっぱり?　私も自分でそう思う。最近ずーっと家にいて話してないからかも……」

カッツはこれまでずっとお客様に接する仕事をしてきて、ウィットに飛んだ容赦ないズバッとした切り返しが楽しかったんだけど、たしかに今日は静か……。カッツのご主人の家に今まで来ていたお手伝いさんが、結婚後も変わらずやって来てくれて、料理も掃除も全部やってくれるらしく、カッツはなにもしないで部屋で過ごしているらしい。でも実はそういう生活が好きなカッツ。このまったりした優雅さがいい。

はあ、それにしても、このメンバーもそれぞれ個性的。

帰りのエレベーターに、香取慎吾が乗っていた。

2月5日（金）

きのう、リッツでみんなの話を聞いているときに、「そうか、そういうスタイルもいいかもしれない！」とピンときたことがあった。

うん、いいかも！　さっそくママさんに電話。きのうの会長の話と合わせて、やる気満々の様子を聞いてもらう。


さて今晩は、昨年知り合った同い年の友達と食事。

オーガニックでこぢんまりとした素敵なお店に連れて行ってくれた。狭い店内に外国人ばかり。彼女が最近見てもらったという能力者の話などを聞く。

お互いの誕生日が続いているので、ふたり分のケーキにローソクを立ててお祝いした。

最近、私のおしゃれモチベーションが低下している。最近というのはこの半年くらい……

ちょっと太ったからかも。まあ、いいか、もう少し様子を見よう。

2月6日（土）

やることで頭がいっぱいになって朝の4時にガバッと起き、まずはスマホサイトの更新記事を書いた。それからお風呂に入って温まり、6時半に家を出て、タクシーで「いつものあそこ」へ。

ウーちゃんとチーちゃんと合流して、ご祈祷を受ける。いつもより一層すがすがしい気持ちでお祈りをした。空気がシンシンと冷えていて寒い。とても充実した気持ち。やることはやった、というような。登り旗も奉納したし、お赤飯と吉祥のお守りもいただいた。

暦に合わせてお参りをするのは、人間の都合ではなくて、神様の都合に合わせた予定だから効果も大きいという。

「なるほどね」

「みんなの予定がスピーディーに合ったのは、流れがよい証拠だよね」

「だね、だね」

と話し、タクシーに乗って楽しみにしていたモーニングを食べに行ったら、なんとそのお店が、来週まで改装休業中だった。

近くの別の店をのぞいたけど、まだ8時半なのでほとんど閉まっている。

「この近くだと……デニーズなら絶対に空いてるけど……」

と言ってみたら、

「え？　デニーズ⁉」

と、パッとうれしそうな顔をしたウーちゃん。なぜ、デニーズに？（笑）

デニーズの中は暖かく、空いていた。

すごく細かいメニュー構成で、各モーニングセットにいろんなオプションをくっつけられることに感心した。たとえば、モーニングのセットに追加で生卵とか、追加でベーコンと納豆とか、焼き鮭まで単品で追加できるのには驚いた。


今、私はすごく満ち足りているので、お参りで特にお願いすることがなかったのだけど、ウーちゃんがなにげなく言った一言、

「お金も、目的に合わせてきちんと額を言ったほうがめぐってくるよ」

という言葉に妙に納得して、今私が一番望んでいる状態を望むことにした。

今とても満ち足りている、と思いながら先を望むのはとてもいいことだと思う。なんて言うか、心が穏やかで自由になれる。

感謝しつつ、さらに毎日が楽しいような、充実した感じ。

それからみんなで未来の作戦会議をする。このあいだピンときたことや、それぞれの仕事について、「これがこうなったりして〜。そうなったら、みんなで開運餅つきしよ〜ね〜」

と、夢はどんどん膨らんだ。

「今日話していることが、みんな実現するね、だって初午の日だし」

「一粒万倍日だし」

「素晴らしいね」

「デニーズだけど（笑）」

ガラガラなので3時間くらい居座った。それでもまだお昼前。

家に戻って車で買い物へ。
グリーンカレーをつくった。私のお得意のグリーンカレー……そのわりには、つくるのは一年ぶりくらい。ココナツの缶の水を半分くらいにすると、水っぽくない美味しいルーができることをすっかり忘れていて、缶の中を全部使ったら水っぽくなってしまった。ドロッとしたのが好きだったのに。

さらに、圧力鍋で白米を炊いたら失敗した。モチッと粘り気が強すぎる。まあ、なんとかごまかしながら食べよう。

夜、今朝のデニーズ会議で浮かんだものをもう一度私の心で温め、ネットで検索を開始。ワクワクする。

2月7日（日）

朝は、きのうのグリーンカレーの残り。

午前中は仕事をする。昨年の秋くらいから物語を書いていたのだけど、今、最後のクライマックスの部分を書いているところ。毎日物語の世界に浸っていると、たとえば外を歩いているときに、突然空中から「どこでもドア」が出てくるような、現実の延長線上にファンタジーの世界があるのを感じる。

すごく波に乗っていた仕事を中断してネイルサロンへ。なのに、13時と3時を間違えていて、ネイルとエクステを同時に受けることができず、ちょうどキャンセルが出たからネイルは受けられるけど、エクステは出直し、ということになった。

時間を無駄にした気分だけど、ネイルだけでも受けられてよかったと思おう。

バレンタイン用にこげ茶のネイルにした。

今日もとっても寒い、手袋をしていないと手がかじかみそう。

そうだ、今日、3月のホホトモ東京ツアーの募集があったのだけど、申し込み開始1分で満席になったらしい。ツアーについて私自身がワクワクしているからかな。

2月8日（月）

そろそろ本当に運動しないといけないと思うのだけど、今日も寒いので、家の中でウォーキングをする。廊下を大きな身振りで歩いたりして……。

6日に浮かんだ私の望む未来の状態、それを今日から「秘密の宝箱」と呼ぼう。

今日も、「秘密の宝箱」に関係あることをちょこちょこ調べる。

今の月9ドラマ『いつかこの恋を思い出してきっと泣いてしまう』がすごくいい。優しい気持ちになる。有村架純って……あるねぇ。はじめの頃はセリフがいかにも「ドラマの中」という感じがしてわざとらしかったのだけど、だんだんと目が離せなくなった。主人公の有村架純と高良健吾のように、お互いの心の、深くて純粋な部分の感性が触れ合ってつながった者同士のあいだには、他の者は決して入り込むことはできない。どんなに頑張っても……ドンマイだ。

このドラマの場面設定は、かなり現代の世の中の一部を表しているのだろうと思う。若者の隠れた貧困と、それを食い物にしている悪徳業者の世界、介護業界の実情など。

疲れたOL役の高畑充希もいい。とってもさばけていてかわいい八千草薫の役も。

2月9日（火）

パンパカパーン!!!　ついに物語を書き終えた。

満足。最後のクライマックスのところなど、自分で泣いたほど。

さあ、ゆっくり部屋を掃除しよう。この瞬間が大好き。夜が無限にあるような気がする。

2月10日（水）

仕事のできる妖精Kちゃんと会う。下町の洋食屋さんで。

ここが噂の……ママさんとKちゃんが何回か行ってとっても美味しいと言っていたところ。年季の入っている下町の小さな洋食屋さんをイメージしていたら、近代的な駅前ビルの6階にあった。

Kちゃんって、いつ会ってもとても不思議。多くを語らず、独特に自分の世界を持っていて自分の仕事を愛している小さな妖精。Kちゃんと会うと、自分も仕事をしたくなる。

終わってから久しぶりに買い物で伊勢丹へ。欲しいものがひとつもなかった。

消化不良で六本木の「エストネーション」へ。ここはフロアー全体の洋服をまとめて試着できるので便利……だけど10着ほどためして、欲しいものが1着もなかった。これはいけるでしょう、と思ったものも、全部違った。

今日はこういう日なんだな。

帰りの車の中で、ふと友人の洋服のお店を思い出してブーンと行ってみる。

そして、またなにも見つからなかった。今日は本当にそういう日だ。

お店のオーナーとチョコレートを食べて、コーヒーをいただいて帰る。


車……ついに、ついに修理に出さなくてはいけなくなりそう。

早いほうがいいような気がする。


私のパソコン環境を見かねた友達が、このあいだその場でささっと調べて注文してくれたスクリーンが届いた。

すごい!!! 大きくて見やすい!!! これまでのノート型につなげると、その画面が大画面に映るというもの。執筆業なのに、どうして今までこうしなかったんだろうという快適さ。

もっと気に入っているのはこのキーボード。画面からいくらでも離せるし、終わったら机の中などにもしまえる。いいね~!!

2月11日（木）

この大画面、いいね~。これまで使っていた2台のノート型パソコンを左右に並べて写真を撮る。

そしてこのキーボード。キーをタップする音が、「仕事ができる」って感じの音だ（笑）。

テンション、上がる～♪

ドラマのことだけど、木曜夜の『ナオミとカナコ』というドラマも面白い。高畑淳子の演じる中国人の李さん、笑える。それから日曜日の『ダウントン・アビー』、これは今のところマイブームで、何度も繰り返して見ている。背景の家の中の調度品や洋服など、一時停止にしてジーッと。

仕事で、とてもいいことがあった。信じられないほどスピーディーだった。また「いつものあそこ」に御礼参りに行かなくちゃ！

2月13日（土）

今日はあったかい。だんだんと春になっていく。

駅まで歩いて、バレンタインのお菓子づくりの材料を買いに行く。絶対に買ったほうが美味しいのに、なんだってこんなに頑張っているのだろうと思うけど、これはこれでとても楽しい。

駅の近くは人がいっぱいでムンムンしている。あったかいから、みんな外に出てくるんだね。ゾロゾロと。


2月になってから急にいろいろなことの流れがよくなった。未来のやりたいことについて、毎日のようにヒントになることが起こる。次々につながっていく感じで、すごく面白い。

調子のいいときに、「すべて良好、起こることはベスト」と思うのは簡単だ。重要なのは、その流れを失っているときにもそう思えるかどうか。

チョコレートケーキを焼いた。これは簡単だった。残りは明日……。

2月14日（日）

今日もいい天気。午前中、部屋を掃除して、ソファに寝転がって本を読む。

私は、この仕事部屋のソファに寝転がって眺める緑の木々が大好き。午後のお日様で、葉っぱがキラキラしている。

バレンタイン用のお菓子の続き、ガナッシュを2種類つくる。……私、本当にセンスがない（笑）。いまどき、中学生でももうちょっと上手なんじゃないかな。見た目もよくない上に、冷蔵庫で固まりきる前に写真を撮ったので、撮った5秒後にダラーッと溶けるという……飾りも文字も、すべて崩れ去った……。味はすごく美味しかったけど。

ま、気を取り直してイタリアンをつくる。イワシのカルパッチョ風サラダと、パスタ2種とスープ。

2月15日（月）

今日の『いつかこの恋～』も面白かった。今日が前半の最終回、次回が楽しみなドキドキの終わり方。物語を書いていた私としては、「うまい脚本運びだなあ」なんて思いながら見ている。

密かに進めている「秘密の宝箱」計画に進展があった♪

2月16日（火）

面白い夢を見た。

とても汚い公衆トイレに入る、という夢。それが本当にビックリするほど汚くて、「ウウウウウ〜」と思いながら用を足す夢。

起きてすぐ、ネットで検索。

すると「トイレは汚物をはきだす場所」ということで、物事の解決の場所であり、私の見た状況はものすごい金運アップの夢らしい。汚い公衆トイレでも、汚いことが原因で用が足せなかったり、掃除をしても汚れが落ちない場合はよくない意味もあるのだけど、私が見た状況はどのサイトを見ても金運アップだった。

へ〜……「秘密の宝箱」のことをずっと考えていたからかな。

そのことを、「秘密の宝箱」に関係ある人に話したら、「へ〜、こっちも、きのうトイレを念入りに掃除した、現実の世界で」だって（笑）。


このあいだ献本で届いた本を読んでみたら、面白いことが書いてあった。『親は100％間違っている』というタイトル。

ものすごく極端なんだけど、言っていることの大筋は賛成できる。

簡単に言うと、「自分のやりたいように自由に好きなようにやれ！」という内容（笑）。

ほとんどの人は、自分の過去の経験や、家族や育ってきた環境の価値観によって知らぬ間に行動を決められている。驚くようなところまで、その価値観が影響を与えている。

もし、今自分が見えている（見せられている）選択肢の中に答えがなかったら、まったく別の方法を選んでもいいはずなのに、今ある選択肢の中からちっとも納得していないのに無理に答えを選んでいる、ということがたくさんある人もいるだろう……恐いのは、それを無意識にしている人が多いこと。

子供の人生は子供の人生で、親は自分のよかれと思うことを身をもって示すことは自由だけれど、それと同じことを子供が選ばなくても強制することはできないよね。親のエゴ、呪縛。

そういう意味では、私は親に無意識に強制されたことは本当になかったなあ。もちろん、知らないうちに誘導されていたのだろうということはたくさんあったと思うけれど、そこに疑問を持たなかったし、今も持っていないので、そういう意味ではありがたかった。

でも、それが良いとか悪いとかではなくて、「あれ？　違うのでは？」と思ったら、いつでも自分の人生を生きていい、ということ。

あらゆる物事への思いこみ、たとえばこの年齢でこんなことをしたらおかしいとか、この自分がそんなことをするわけにはいかないとか、まわりの人にどう思われるかわからないとか……でも、もしそれが本当にやりたいことなら迷わずやるべき、だって自分の人生なんだから。どんなにまわりの評価が高くても、自分の心が満足していなかったらその人の人生は味気ないものになるだろう。

2月17日（水）

きのうの午後、突然思いついて、軽井沢に行くことにした。

朝の10時すぎにママさんと東京駅で合流、大丸の地下でお弁当や食材を買う。

新幹線のホームには中国人がたくさんいた。他にも外国人がちらほら、みんなスキー場のような防寒具を着ている。

軽井沢近くのトンネルを抜けたら、しっかりと雪が積もっていた。

別荘の門は、雪がかたく積もっていて開かなかったので、裏庭から入る。

暖炉に火を入れて、買ってきた美味しいものを並べて、ふたりで幸せな気持ち。

ここはいい、本当に落ちつく。何日でも雪を眺めてジーッとしていられそう。


午後、東京から私が送った宅配便が届いた。

門が開かないし、壊れものではないから、門の向こうからこちら側に落としてもらおうと思ったら、クロネコヤマトの人が裏庭を大きくまわって運んでくれた。懐中電灯で雪の足元を照らしながら。


暖炉の前でヌクヌクといろいろなことをしていたら、私がいつかやろうと思っている洋服のブランドで、つくりたい形の方向性が見えてきた。ママさんが昔好きだった洋服のブランドの話ももう一度聞く。

「やっぱりその方向よね」と確認し合う。

2月18日（木）

ササッと片付けて、午後には東京へ戻る。

ママさんはしばらく残るらしい。

夜は、また別の意味での心の友であり、前世から私と深いつながりのある海坊主君と、新しい友人キューちゃんと、その友達と4人で食事。

2月19日（金）

車をショールームへ置きに行き、親戚と銀座でランチ。

久しぶりに資生堂パーラーへ行く。こってりとしたビーフカレーを食べる。

仕事のことなど、いろいろ話す。

2月20日（土）

「秘密の宝箱」計画について意外な盲点だったことがあって、基本の方針を少し変更した。そうしたら急に気楽な気持ちになって、またいろいろと調べ始める気になった。

こんなふうに、ちょっとずつ修正しながらでいいんだと思う。

2月21日（日）

ママさんと「いつものあそこ」へお参りに行く。車がないので、帰りは運動を兼ねて歩いてこよう。日曜なので、いつもより人がいた。

ここから歩いて帰るのにもすっかり慣れた。帰りにいつものカフェで休憩。

隣の席で英会話のレッスンをしていた。たまに聞こえてくる会話を聞いていると、「そういうときは、こういう言い方をするといいよ」とか、頻繁に修正して教えてあげないと進歩がないいんじゃないかな……と思う。こうして一時間ほどカフェでレッスンをするだけでいくらなんだろう、とか思いながら、私とママさんは「秘密の宝箱」の話に夢中。

帰り、野菜のマーケットで無農薬の野菜を買って、前と同じ花屋さんで明るい黄色のミモザを買う。前回、ここで「日持ちする」と勧められたバラを買ったら、本当によく持ったので、花は毎回ここで買うことにしよう。

おばあさんがふたりでやっている花屋さん。

2月22日（月）

テクテク歩いて、「秘密の宝箱」の下調べ。

その前にお昼を食べようと通りかかったイタリアンに入ったら、すごく変わったパスタしかないお店で……お肉にした。

帰りは行きの半分まで歩いて、スーパーに寄って、そこからタクシーに乗る。

夜、お雛様を出した。私が子供の頃から使っているもので、愛らしくふっくらとした子供のような顔でとても気に入っている。今年は、ここに「豆雛」が加わった。陶芸家の田端志音さんが贈ってくださったもの。開けてみたら、本当に「豆サイズ」で愛らしい。「小さなものは、みんなかわいくて美しい」と詠《うた》った清少納言の気持ちがわかる気がする。

2月23日（火）

今日はママさんを誘って、知り合いの洋服のお店へ。もうすっかり春物。

お昼は久しぶりにあそこに行こう、と出る前から決めていたカレー屋さんに入る。

そこに素敵なおばあさまがいらした。

グレーにふんわりとセットされた髪の毛と、グレーの柔らかそうなニットがとてもよく似合っている。あのメガネも真っ赤な口紅も、取り出したコンパクトも、チラッと見えたバッグも、「ははん、なるほど」というセンスの持ち主。

ママさんの好きそうなタイプ。
マ「ああいう感じのおばあさんになるわ」
帆「そう言うけど、あれ、ママとそんなに年齢変わらないと思うよ。というか、同じくらいかも」
マ「ママもそう思う。だって向かい側のおじいさんからすると、パパもたぶんあんな感じだし……もしかしたら私たちのほうが上かも」
おしゃれって何歳になってもできるからいい。そっちに席が向いているママさんは、しばらくそのおばあさまを見ていた。

それにしても、今日のここのカレー、しばらく来ないうちにすっかり美味しくなくなっていた。運ばれてきたものをチラッと見ただけで、

「なんか、ルーの濃さが違うよね……」

「前より水っぽくなっていない？」

とふたりで同時に口に出したけど、食べてみたらやっぱり。お肉も煮込んでいなくて、直前にルーの中に入れたような感じ。

「残念ね～」

「ほんと、残念」

よく思うんだけど、人気が出たお店は、何年経ってもその味を変えなくていいよね。だってその味で人気が出たんだから。

洋服のお店もそう。人気が出たときの、その形を求めている人がいるんだから。それを変えちゃったら、そのブランドではなくなってしまう。

それなのに、「なにか変えないと」とか「新しさを出さないと……」とか思っちゃうんだろうな。前は、小学校の同級生の家がこのレストラングループのオーナーだったけど、高校生くらいから変わってしまって、たぶんそのあたりから味や質が変わった。

あるホテルのレストランで、私とママさんが好きで本当によく行っていたところも、外資系ホテルがたくさんできたときにリニューアルして、まったく似つかわしくない近代的なコーヒーショップのような内装になってしまった。前の、あのちょっと古い外国のカジュアルレストランのような雰囲気がよかったのに。リニューアルされてから、前はそこでよく食事をされていたおじいさんも見かけなくなってしまった。

「なんだかお腹がいっぱいなのにものたりないね～」
と言いながら、ちょこちょこ買い物して帰る。

午後は部屋を掃除した。
夜は、昼間のカレーがものたりなくて、カレーをつくる。フォンドボーとビーフカレーの2種類のルーを使って、冷蔵庫のあまりの牛肉と豚肉と鶏肉を煮込む。

2月24日（水）
このあいだも書いたような気がするけど、今の私は、心に気がかりなことがなにもない。ただのひとつもない。未来への楽しみなことだけ。「秘密の宝箱」計画もあるし。
本当にあっけらかんとした、ポカンとした、なにをしても幸せな日々。

午後、久しぶりに伯母の紅型《びんがた》のお教室に顔を出す。
この鮮やかな色合いの染めつけ。紅型らしい色鮮やかなものもいいけれど、私が今回気に入ったのは炭色の渋い色味のもの。

2月26日（金）
知人が、サントリーホールでピアノの発表会をした。

この生徒さんたちの先生というのが、よく言えば「妖艶」で、ものすごく「女」を出した人だった。衣装も女を強調した衣装。途中でお色直しをしてきたときのドレスなど、

「え？　なにあれ、裸？」

「夜のお仕事？」

と私の左右の人たちもつぶやいていた。

3月2日（水）

3回目くらいのお琴のレッスン。

私、大人になってからホントに習い事が続かなくなった。その時間は楽しいのだけど、それが続かない。通いに行くのなんて絶対に無理だから、来てもらう形をとっているけれど、そしてこの先生はとても好きなのだけど、今回はどうだろう……。

「続かなかった……

3月3日（木）

おひなまつり。桃の代わりにミモザをたっぷりと。

この一年でなんとなく太ってから、体調があまりよくないような気がする。原因は、不規則な生活と運動不足。

「秘密の宝箱」計画も、今すぐ私が取り掛かれるところをやってしまったら、まったりと腰

が重くなった。まあ、そういう時期もあるよね。

午後、気だるい気持ちで昼寝。

明日から一泊で山形復興のスキーイベント「私をスキーに連れてかなくても行くわよ」に参加する。昨年誘っていただいたときは仕事で行けなかったので楽しみ。

3月5日（土）

東京駅のホームで待ち合わせ。

女子4人で新幹線に乗り、ガッチャンと席をまわす。

今日の私、白いタートルに黄色いワンピースを着ていたら、「ひよこ」と言われた（笑）。

メンバーのひとりが去年スキーウェアのレンタルをしたら、レスキュー隊のような変な黄色の上下だったそうで、その話のときに私を見て、

「こういう黄色じゃなくてサ」

と言い、私を見た別のひとりが、

「ああ、ひよこ色じゃない黄色ね」

と言い、C姉さんが
「ひよこ～（笑）」

と爆笑していた。

老舗旅館の「高見屋」さんに荷物を置いて、スキー場にできていた雪上バーで飲み物を飲む。そこには、バブル時代に青春を謳歌した世代の人たちがたくさんいた。私、この世代の友人がわりと多いのだけど、今回も、またこの世代だ。なんとなく、同世代といるより楽。「スキー」自体、あの頃のものだもんね。なんか懐かしい。小さな頃を思い出す。

3月6日（日）

きのうはあのあと、前夜祭のパーティーで「ラ・ベットラ」の落合シェフと「Sola」の吉武広樹シェフがコラボしたイタリアンを食べて、様々なパフォーマンスやトークショーを聞き、オークションにも参加した。地元の方々もたくさんいらしてた。

そしてゆっくり温泉に入って、同室の女性たちとおしゃべりして寝た。


そして今日は、起きてまず楽しみな朝食。旅館の醍醐味。

外は雪がキラキラしている。

スキー組はスキー場に向かい、地上組の私たちはまったりと温泉へ。男性の露天風呂からは、きのう鹿が見えたんだって。

地上組はお昼にジンギスカンを食べに行くというプログラムなので行ったけど、ジンギスカンって、あまり得意じゃなかった。鉄板にジューッと肉を押しつける。

そこから樹氷を見に行く人たちとは別れて、私たちはいそいそと宿に戻って東京へ。

蔵王は私が子供の頃に比べてずいぶんさびれていた。スキー人口が減ってきているからだろう。でも、泊まった高見屋は素敵な旅館だった。温泉もよかったし、食事も美味しかったし、雪の中にたたずむ姿には風情があった。

今回のようなイベントが現地の復興につながるといいな、と思う。

3月7日（月）

蔵王に行っているあいだにまたいいニュースが入ってきたので、「いつものあそこ」へ御礼参り。このあいだ奉納した「登り旗」の位置を確認したら、なんと私たちのは1番のラックに入っていた。私のラッキーナンバーの1番。サインである1番。

夜は楽しみにしていた『いつ恋』。今日も、ものすごくよかった。

3月8日（火）

身近な人が活躍するのを嫉妬する人って、本当に嫌。

特に男性の場合は、器の小ささが露呈する。

一見完璧なんだけど、実はものすごく器の小さいこの男性のことを、「あそこまでなんでも揃っているのに、こういう態度に出ちゃうのって、たぶん、どこかで欠落しているものがあるんだと思う。愛情不足とか」

とある人が言っていたけど、たしかに………。

でも、嫉妬されている人にも責任がある。どんなことでも、そこに関わっている人の共同創造。お互いが一緒に創り出しているので、被害者も加害者もない。


午後、「john masters organics」の表参道のサロンへ。ヘアサロンは、日本でここだけらしい。雨だけどのんびり歩いて……なんて思っていたら、時間がギリギリになってタクシーに乗る。お店に入って名前を伝えたら、予約の名前がないという。連絡をくださった john masters organics の人の名前を言っても、首をかしげている。

「少々お待ちください」とお店の人が奥に引っこんだときにふと顔をあげたら、カウンターの横に「ニールズヤード レメディーズ」と書いてある……間違えた！ キャアと謝って店を出る。

一方の john masters organics では、連絡をくださった方が通りの向こうをのぞいて待ってくださっていた。「ごめんなさい〜、間違えてニールズヤードに入っちゃって……」としなくてもいい説明をあたふたとする。

ヘッドスパの100分、クレンジング重視というメニューにした。ここは、エステとヘッドスパの両方が同じ部屋でできるのがいい。ヘッドスパ用の椅子に座っただけで、もう気持ちがいい。

はじめに肩とデコルテのマッサージ。ふんわりの大きなクッションを抱えて、少し前かがみになる。それだけで、もう寝そう。


ああ、気持ちよかったぁ。クレンジングがいかに大事かということがわかった。始める前に見た頭皮のサイバースコープも、施術後は変わっていた。大掃除と同じで、リセットしないと栄養分も入っていかないよね。

そう、そしてここはヘアサロンなので、終了後にブローもしてくれて、それがすごくよかった。たいてい、ヘッドスパを受けると洗いざらしのまま終了になるので、そのあとに予定を入れられない。

コールドプレスジュースが飲めるジュースバーもついている。今日いただいたのは、冬季限定の「レモンジンジンジャー」、とても美味しかった。

帰りこそ、雨の中をトコトコ歩く。

3月9日（水）

一日、仕事。今は、5月に出るダイジョーブタのお悩み相談の本。

この一年で、小麦（グルテン）をとり続けることがどれだけ体に悪いかということが、本当によくわかった。特に他国から輸入されている小麦は防腐剤だらけ。それを毎日体内に摂取していることになる。最近、パンや小麦製品を食べると、とたんに体がだるくて眠たくなってくるのはそのせいだろう。グルテンをやめると肩こりもなくなるし、朝もシャキッと目がさめる。

今の段階で気付いて本当によかった。少しずつでも、できるだけカットしよう。

バイタミックスジュースは、変わらず毎朝続いている。

3月10日（木）

今日も一日、仕事。午後、雑誌の取材を受ける。最近ずっと家にいて久しぶりに人と話して離れがたかったので、取材が終わっても編集さんとそのままダラダラとお茶をする。

スーツ姿の人がキックボードで移動
あれいいわね
ママにどう?
……あそこまでなるには
時間かかると思うよ!?

3月11日（金）

東日本大震災から今日で5年。朝からいろいろな番組での特集を見る。

身のまわりで自分にできる平和活動をしよう。それって結局、目の前の仕事を精一杯やるということ。

明日の講演会で話すことをもう一度確認して、ひとりでリハーサルをする。

お昼は、このあいだいただいたお蕎麦でも……と思って茹でたら、こんにゃく蕎麦だった。

3月12日（土）
7時半の大阪行きの新幹線。久しぶりの早起き。
東京駅で、洋服の埃をとるエチケットブラシの代わりにガムテープを持ってくるのを忘れた！　と気付き、ダメ元でスタッフのTちゃんに聞いてみたら、「あります！」とバッグからガムテープが出てきたのには驚いた。Tちゃんも埃をとろうと思ったんだって。

会場の雰囲気がとてもよく、いつもながら楽しく話し終わる。テーマは「癒し」。思うに、心の本音のとおりに生きることができていれば、いつも自分で自分のことを癒せるんじゃないかな。自分ではない他のものに癒しを求めるのって……。

壇上から見たところ、400名ほどの会場に空席はひとつもなかったのでよかったと思う。

リッツにチェックイン。フロントの人に、

「今回はゆっくりお過ごしになられますか?」

と聞かれて驚いた。たしかに前回はほとんど時間がなくて朝も早かったから。

「今回は時間があるので、これからジムに行こうと思うんです」

と答える。リッツ大阪のサービスは本当にいき届いていると思う。部屋でインターネットについて質問したときも、とてもわかりやすく丁寧な説明だった。しかも聞いた人はお掃除の係の人だから、担当ではないだろうなと思っていたので余計に素晴らしい。

ジムに行った。誰もいない。はじめに40分ほど走り、そのあと、いかついマシーンの使い方を教えてもらった。その大型のいかつい機械……いかにも大げさな感じで静かに立っている。私には向いていないだろうなあ。案の定、座るときだけで、機械の柱にコツンと骨をぶつけて……おお痛い。

このジムのメンバーさんはほとんどがご年配なので（想像どおり）、暇そうなインストラクターがつきっきりで教えてくださった。

背中と太ももを鍛えるマシーンを使ってから、体全体を使うマシーンで30分ほど体を動かし、最後に柔軟もして部屋に戻る。

今日は、たまたま今週大阪に出張になっていた友人の社長と会う。

その前に、ホテルのブティックで買い物をした。ここも、来るたびに寄ってしまう好きなところ。今回は、気楽な小さなバッグ。

その友人もリッツに泊まっていることがわかった……こういうときいつも思うのだけど、

男性とホテルで待ち合わせして食事というのは誤解を招きやすい。でも今回は同じホテルに泊まっていることがわかったのがフロントの前だったので、「そういう関係」でないことはまわりの人に伝わっただろう。あぶないあぶない。お互いに困るよね。

中華の「香挑《シャンタオ》」へ行く。

どのお皿も素晴らしく美味しく、感動した。前菜から、一味違った。

いろいろと工夫されていて、ボリュームのあるお皿はたっぷりとあり、繊細なものは繊細で、とてもよかった。お肉のところで出てきた牛肉のしゃぶしゃぶ仕立てなど、すべてが運動後のお腹に染み渡る。

「自分のまわりの人に起きている事柄を見ていると、これから自分に起こることがわかる」ということってある。今日この友人が話していたこと、今直面していることは、私のまわりでこの2、3ヶ月に起こったこととまったく同じだった。そして、私のほうの話はとってもよい理想的な状態で収まったので、友人のほうも同じ状況になると思う。

「たぶん、こういうふうにいい状態に落ちつくと思うよ」

と未来予知をしておいた。

この人とは10年近くの友人なんだけど、ふたりで会うのははじめて。今回も、はじめはもうひとり、これも偶然大阪に出張になったいつものメンバーも一緒のはずだったんだけど、都合が悪くなって来られなくなった。でも今日の話題はふたりにしか噛み合わない内容だったし、友人はそれこそ話したかったと思うので、お互いにこれでよかったんだね。

こじゃれた瓶に入ったリッツのチョコレートをいただく。おやすみなさい。

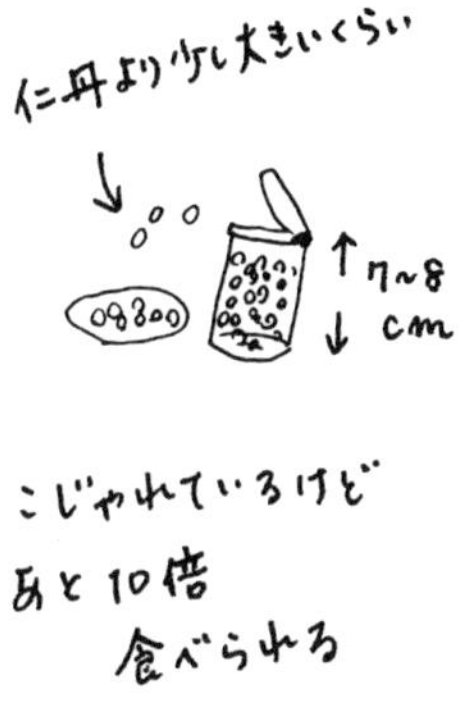
仁丹より少し大きいくらい
7~8 cm
こじゃれているけど
あと10倍
食べられる

3月13日（日）

翌朝、山崎拓巳さんと梅田の蔦屋書店でトークショーをした。「朝カツ」という、朝に活動する時間帯のトークショーなので、早起き。

テーマは「本当のやる気」。

私が思う、本当のやる気の維持の仕方をお話しした。

拓巳さんは、私が言いたいことと同じことを別の方向から説明するのが上手なので、なるほど……と思わせられることも多い。

「うん、帆帆ちゃんの話を聞いてると、帆帆ちゃんは自分にとっても優しいよね」

と言われる。

そう、私、自分に優しいの。自分が楽になるように気持ちよくなるように捉えていきたい。

終わってから、大阪の友達、KちゃんとSちゃんとお茶。

大阪ギャグ満載の彼女たちと、数ヶ月に一度は会いたいなと思う。

国内弾丸ツアーをしようよ、ということになった。はじめの候補地は石垣島。

ぜひ行きたい、と思うけれど、それ、弾丸ツアーじゃなくちゃダメなのかな。彼女たちの弾丸は……ものすごそうだ。


↑まだ実現してないけど、想像するだけで楽しい

3月14日（月）

きのうのトークショーに出てきた話で「これはいい!!」と思ったことがあった。

夢や望みやかなえたいことに向かって進んでいくとき、それを思いついたはじめは誰でも気持ちが盛り上がる。急に未来が開けたような気がして、すぐにでもぐんぐん進めたいような気持ちになる。ところが、数日後になって、あの夢のために今日も進まなければ……、と思い始めたとたん、それはワクワクではなく義務になってしまう。で、言うだけ言って、ちっとも進めていない自分にへこんだりする。実は、自分にへこむというのが一番、行動の足かせになる。

で、それの解決方法として、毎日「今日ここから見える夢を夢見ていい」。

きのう（またはもっと前に）見たかなえたい夢を、まるで、今日はじめてそれを思いついたかのように思えばいい、ということ。前の日に「それ」を望んでいる人は、たいてい次の

日も「それ」を望んでいるので、今日はじめてそれを思いついたように考え直していいのだ。

次の日に思うことはきのうまで考えていたことどとほんの少し変わっている。居心地よいと思うことが変わったり方法が変わったり。そのワクワクするところから今日動けばよいのだ。うん、これはいいね。また今日もはじめから思えばいいんだ、と決めると、「また今日もなにも動かなかった」というような罪悪感がなくなる。罪悪感……これがもっとも厄介で自分のやる気を失わせるものだ。だから、罪悪感がなく自己肯定力が高い人はいつもご機嫌でワクワクを維持して進んでいける。


このあいだ歯の治療をしたところ、仮詰めで様子を見るということだったけど、一ヶ月もたないので明日予約をとった。歯が痛いだけで、いろんなことが憂うつになる。

「秘密の宝箱」のことだけど、一時停止になっている。ちょっと動いてみたら、なんとなく進みが悪いので、こういうときはちょっと様子を見ようと思っていたのだけど、このあいだの「今日ここから見える夢を夢見ていい」をやってみたら、進まない原因がわかった。

私がはじめに思い浮かべた形は、私が100パーセント望んでいる状態ではなかったのだ。ちょっと無理があったというか、無理強いして進めていたというか。

そこで初心に戻り、納得していない部分を妥協せずにひとつひとつつぶしていったら、新しい形が見えた。

そうだよね、これだよね、そうそう、という感じ。

この「100パーセント納得」という状態になると、それまでのものは100パーセントじゃなかったな、という違いがよくわかる。本物に触れてはじめて、今までのものは違うとわかるような。

「今日ここから見える夢を夢見ていい」の素敵なところはこういうとこ。毎日軌道修正ができるとこ。でも、そっちは違うということがわかったので、進んでみてよかった。

3月15日（火）

「秘密の宝箱」計画について軌道修正したことをある人に話したら、「ふーん、そう（笑）」とニヤニヤされた。それはまるで、「こっちははじめから、そうなることはわかっていたけどね」という感じだったので、笑えた。すべて相手の手の平の上を転がっているみたいだ。

でも、途中の寄り道や再考があったからここにたどり着いた。これをはじめから人に言われていたら、この納得感はなかった。自分で納得してそこに落ちつくことが大事。

そして、そうなるだろうと予想がついていたのに、途中に付き合ってくれていたこの人にも感謝。

午後、大学病院の歯科に行って治療してもらった。

車を修理中なので数年ぶりに電車に乗った。Suicaをはじめて使った。すごく便利でビックリ。

3月16日（水）

歯が痛くないって素晴らしい！　これだけで健康的になった気分。

午前中は仕事。午後はネイルへ。

なんと、私がとても気に入っていたネイリストの子がやめることになった。もともと、別の仕事と掛け持ちをしていたようなのだけど、そちらのほうで正社員になることになったらしい。

彼女はとても仕事ができるし、話していて気持ちがいいので、正社員の声がかかるのは納得。そして詳しく聞いてみると、「絶対にそっちに進んだほうがいいよ」と感じる流れだったので、決まってとてもうれしい。

「このネイルサロンに勤め始めた頃は、私、すごく『気にしい』でネガティブだったんですけど、浅見さんがポロッと言う言葉とか、話をしているうちに、どんどん明るくなったんです」

なんて言われる。お餞別に、とお菓子の箱までいただき、

「またどこかでバッタリ！ね。頑張ってね」

と別れた。

彼女が新しいステージでよい話が決まったから、私にもなにか新しい変化が起こらないかなぁ。


終わって、ママさんとカフェでおしゃべり。

「自己嫌悪というのが、こんなにも自分をへこませるとは思わなかった」という話になった。

というのも数日前、朝起きたベッドの中で、過去の後悔することをいろいろ思い出し、それが今の私にまで影響を与えているような気がしてしまった。すると、今までやってきたこともすべて無意味に感じたし、未来に対してもまったく活力がなくなって、なにをしてもし

ょうがないような、ふてくされたような気持ちになった。始まりはちょっと過去のことを思い出しただけなのに……。

でも考えてみると、過去に後悔したくなるようなことがあったとしても、それは今日から気をつければいいことだ。そしてあのときそうしなかった（今の私にとって理想と思える行動をしなかった）ことによって受けた別の恩恵もあるだろうから、過去のことはもうどうでもいい、というか、考える時間がもったいない。

あのときそうしなかったことも、当時の私は本音で動いていたのだから、それこそが、私を私たらしめているものだと思ったら、「これでいいのだ」という気持ちになり、そのとたん、心が一気に軽くなった。

「これでいいのだ」という自己肯定。これは本当に大事。

「たしかに反省という意味での振り返りは必要だと思うけど……」

と言いながらふと顔をあげたら、目の前にの書棚に、「反省しない！」というタイトルの本が並んでいて、爆笑。

手帳の明日のところに書いてある、この「収録」という字はなんだろう、と思っていたら……、「お琴の試験（のための録音）」のことだったと今思い出し、慌てて練習をする。

夜中も必死でかき鳴らす。

3月17日（木）

お琴の試験のための収録を無事終えた。こんな一夜漬けでいいのだろうか、と思うけど、いいと思う。できていなかったら、たとえ録音で何回かやり直しができるとしても、最終的に弾ききれないと思うので、一応最後まで弾けるということは、今はこれでよし。

午後、「いつものあそこ」へお参り。桜のつぼみがだいぶ膨らんできた。今日は暑いくらいのいい天気。

夜は、スタッフのTちゃんと食事。

3月19日（土）

最近また酵素玄米を炊いている。

今日の夜は、酵素玄米とブリ、金平ごぼう、玉ねぎとしめじのお味噌汁、そこにチーズも入れた。このあいだ、お味噌と玉ねぎとチーズの組み合わせがなにかに最高、とテレビで見たので。

3月21日（月）

東京には桜の開花宣言があった。

午前中はダラダラと過ごす。寝すぎて、体がだるい。

ますます面白くなっていく『ダウントン・アビー』の録画をもう一度観る。

午後は東京アメリカンクラブでスカッシュ。

スカッシュって、私はどうしてもテニスのような打ち方になっちゃう。隣の白人男性の動きを見ていたら、すごく低いバウンドの球をひっぱたく感じ、そうそう、そうやるんだったよね。

たっぷり汗をかいてからバーで食事。桜のカクテルをいただく。

最近、季節柄、桜のお酒をよくいただくけれど、個人的にはあまり好きじゃない。桜湯や桜餅もあまり得意じゃないから。

後ろの席の男性（不思議な形に髪をなでつけている年配）と、その人の連れのカップルや女性の会話がとっても不快だった。自分は有名人と知り合いということをアピールするタイプの人たち。でもこういう人って、意外と世の中にたくさんいるんだろうな、と思う。

3月22日（火）

今テレビで「たばこの投げ捨てを注意された75歳の男性が、注意した小学生の首を絞めて逮捕される」というニュースが出た。

それについて小学生の子供を持つ親たちが、「悪いことをしているときに注意すべきと教えるかどうか」ということについてインタビューされていた。スタジオでも、「とばっちりを受けるから、近くの大人に言って代わりに注意してもらえばいい」とか「それを注意してはいけない、とは子供に言いたくないですよね」とか言っていたけど、人に注意するかしないではなく、自分がその行為自体をしないようにすればいいことだと思う。ひとりひとりが「自分はしない」を徹底すれば、注意をするようなことは起こらないんだから。

3月24日（木）

「ホホトモ」の今年の入会期間がスタートした。

今年は海外ツアーの代わりに国内ツアーをたくさんしたいな、と思う。

3月26日（土）

今日はホホトモ東京ツアー。私が実際にものすごい効果を感じている神社仏閣をメインに、東京のオススメスポットをまわるというもの。

そうそう、「いつものあそこ」で、大阪で食事した友人にバッタリ！　あのとき、ここのことを話したので、さっそくお参りに来たんだって。それも、もう何回も来ているらしい。「いやあ、そこに停まっていた観光バスをチラッと見たら、窓に「ホホトモツアー」と書いてあったからまさかと思ったけど、本当にそうだったね～（笑）」

ああ、ビックリしたぁ。

3月27日（日）

きのうのツアーの楽しさの余韻が続いていて、今朝起きたら、鼻歌なんて出てきた。しかも曲名は「幸せなら手をたたこう」。

それにしても「いつものあそこ」の効果はすごいなあ。ホホトモさんからも、続々と報告がくる。きのうも、それまで腰が重くてできなかったことに対して、お参りしただけで急にやる気になり、境内から電話して解決させた、という人がいたなあ。

別に「いつものあそこ」だけが特別なわけではないけど、私の場合はここがきっかけだったというだけ。ここを通して祈りの力や信じる力を知った、ということ。


今日は2年前のホホトモバリツアーの同窓会。

パークハイアットの「ニューヨークグリル」。

2年前のバリツアーから、みんな本当に変化したらしい。変化というのは、環境が変わることだけを指すのではなくて、心の変化も。心の変化はすべてを変える。

中でも激変したナンバーワンはHさん。彼女はそれまで、自分の家族に悲しみと憎しみしか感じたことがなく、18歳のときに「これからは能面になって暮らそう（そうすればなにが起きても感じなくてすむから楽だ）」と決めたという。バリではじめて会ったときは、結婚と離婚について苦しい状況を抱えていたけど、一年後にイベントで会ったときは、無事に離婚が成立して新しい恋人と出逢い、見違えるほど変わっていた。明るくなって、のびやかに、楽しそうに……まるで別人。

今は自分の好きな場所で好きなことをして、とても楽しく暮らしているという。

「私、今悩んでいることがなにもないんです」と言い切っていた。肌もツヤツヤ。こんなにかわいい人だったっけ？と思うほど快活で明るい。

そしてこのあいだの自分の誕生日に、お母さんに「生んでくれてありがとう」という思いを伝えたという。そしてHさんが最近行った場所や楽しかったことを話したら、お母さんのほうからも「今度、私も連れて行って」と言われたという。それはこれまでの母娘関係からすると信じられないことで、こんなに穏やかな気持ちもはじめてだという。

自分のエネルギーは、図らずもまわりの人に影響を与える。決してお母さんのことを変えようとは思っていなくても、彼女がワクワクと楽しくしていたら勝手に影響を与えたのだ。波動ってそういうこと。そしてそれは、バリ島ツアーのワクワクしたエネルギーに浸っていたら、勝手にそうなったんだよね、たぶん。

話が印象的だったもうひとりは、もうひとりのHさん。

聞いていると、答えはもうとっくに出ているのに、それを信じて行動する行動力がないだけ、という気がした。もうやるべきことは明白なのに、いつまでも同じことをグチャグチャ言っている彼女に、その場にいた全員が「だ～か～ら～!!!（さっきから言ってるでしょ！）」と声をそろえて言っているのが笑えた。

「たぶん、ここにいる全員が同じことを思っていると思うよ」と誰かが言ったところに、別の人が「不幸慣れしているんだよね」とズバッと言い切ったので、一同大笑い。

意外と、答えを自分で話していることって多い。あとはそれを行動に移すだけ、ということに気付いていなかったり、誰かから背中を押して欲しいだけだったり。

このメンバーはみんな愛がある。人の話を自分のこととして真剣に聞くから、誰かひとりだけが話の中心になったり、誰かが誰かに変に気をつかっている会話はなくて、本当にいい。

3月29日（火）

なんと、また汚いトイレの夢を見た！　今度のは、床も壁も排泄物にまみれていて、個室は変な形で小さく、用をしているところが外の人に見えそうな感じ。今日は、その中でも少しまともな個室を見つけて、目をつむって用を足す夢。

目覚めて、ベッドの中でヘラヘラ笑う。金運アップかな。前回見たとき、その後金運アップがあったかな、と思い出してみる。

3月31日（木）

桜が開花した。昼間、友達と千鳥ヶ淵へ見に行ったけど、すごい人なのでササササッと見てすぐ帰る。夜にまた見に行きたくなったので、今度はママさんと。プラプラ歩いて叔母の家へ。すぐそこに目黒川の桜を見下ろせるので気持ちいい。

今年できた新しい家を見せてもらった。インテリアに関することが大好きな80代の叔母は、その年齢で大工さんや建築家さんと直接やりとりをして建てたんだって。ここは何センチにしてください、とか、ここはもっとこういう感じに、とか指示を出しながら……。お風呂場がモダンで驚いた。ガラス張りだらけ。最上階とはいえ、向こうのどこかから望遠鏡で見たら丸見えじゃない？

「向こうもびっくりするでしょうね、こんなおばあさんが入ってて」

とか笑ってるけど、これはなかなかすごいよ。

うちのものはみんなインテリアに関わることは本当に好き。私が一番こだわりが少ないと思うくらい……。

4月2日（土）

新春餅つき大会で知人の家へ。例によって、私の心の友「ウー&チー」が、先に行って準備してくれていた。

着いたらすぐにハッピを着せられ、セッティングされている臼と杵で何度かペッタンペッタンやって、ふと気付いたらお餅をはじめ、美味しそうなお料理がテーブルに並んでた。

この家の主は素晴らしく面白い女性。私こういう、人生をダイナミックに楽しんでいるおしゃれな人、大好き。言うなれば、大胆で一本筋の通っているイタリアンマダム。

帰りに友達からもらった桜の餡入りの食パンも美味しかった。

家に帰って、一斤全部食べそうになっていたのでハッととめる。

4月6日（水）

昼間はずっと仕事。

夜、今年の見納めとして、友達ともう一度桜を見に行く。今度は溜池の桜坂。車をオープンにして走ったら、それはもう気持ちよかった。桜の天井。

4月7日（木）

高校時代のクラスメート4人が十数年ぶりにうちに集まる。

懐かしい、懐かしすぎる。学生のときって、まだ開花前だから、この子って当時からそんなことを考えていたんだな、とか、本当はこういう子だったんだな、というように、まったくはじめて出会う新しい人と話しているみたいだった。

いや、本当にまったく新しい人なんだよね。

こうやってたまに会って、お互いに刺激を与え合うのは大好き。

4人で自撮りをしたら、みんな高校生のときのような無邪気な顔。

4月9日（土）

朝早くから、新宿御苑で総理主催の「桜を見る会」があった。

パパさんと信濃町駅前で待ち合わせ。

今年は去年より一週間早いので、八重桜はまだ。とても暖かく、日差しがたっぷり。

自衛隊の楽隊の音楽が鳴る中、いろんな人と再会する。父も、懐かしい人たちと再会できて喜んでいた。それ以外には、野球の小久保監督と会えてうれしそうだった父、甲子園球児だった父、77歳。70代になってもいまだに野球の話は楽しそう。

終わって、なんだかグッタリ疲れてパパさんとお茶。そのあとうちに寄って、桜餅とかみなりおこしを食べて、解散。

私はその後も疲れが抜けず、お昼寝。

3時くらいに友達が遊びに来る。

きのうあったことを一生懸命話す。

そう、きのう、とてもいい出逢いがあったのだ。

先週出会った人（仮にKさん）に誘われて、ある集まりに参加した。こういうこと、私にとっては本当に珍しい。知らない人がたくさんいる集まりに行くのも、よく知らない人の誘いに乗るのも、一年に一回あるかないか。

そこには、それぞれが自分のやりたいことに真摯に進んでいる、本当の意味で自立した人たちが集っていた。アジェンダは特にナシ。

固まって話していても、今日はじめて参加する私にはわからないような内輪ウケの話もなく、みんなが純粋に相手の「今」について興味があり、お互いに思っていることや今、関心あることの話で盛り上がることができる人たち。こういうのを本当の意味でのセレブリティ（時代を先駆ける人たち）と言うんだろうと思う。真に自立している人たちの特徴は、「つるまない、媚《こ》びない」ということを再確認。

代理店を辞めて起業した人とは、「代理店っていう存在はいずれなくなるよね」という話で盛り上がり、有名なソフトウェア会社の広報の人とは、「ひとりひとりがアーティストという感覚で仕事をしている楽しさ」について話し、「食」の空間を数多くプロデュースしている人とは、私が書いた物語の話で意気投合し、ハワイに本拠地を構えている大学講師とは当然ハワイの話で盛り上がった。どの人とどのレベルで話をしていても、刺激を受ける。

そうそう、その中のひとりの女性と話しているうちに、「もしやあなたは……あの○○さん?……」とお互いにビックリするつながりがわかった人もいた。弟の話によく出てきていた女の子で、私の小学校の先生(ものすごく個性的で私が大尊敬する先生)のお孫さん。ずっと会ってみたかったので、わかったときはビックリした。

ニュージーランドで完全に自給自足をしているYさんもいた。完全に枠のない自由で自然な生活を実践していながら、きちんとビジネスも成り立たせている、知っている人は知っている興味深い人。

一日の生活リズムを聞いてみたら、太陽の光とともに起き、起きたらまず口の中の菌を掃除する。そして白湯を一杯飲み、マヌカハニーを食す。それから自分の畑で採れた野菜や果物でつくったコールドプレスジュースを飲む、それから仕事。パソコン一台で世界中とつながれるしね。「この暮らし、知らずして、アーユルヴェーダの生き方をしているってことらしいんです」と言っていた。

いいねえ、すごくいいい。Yさんがやっていることと似ていることを、私もほぼ毎日やっていると思う。起きてすぐにうがいをするし、そのあと白湯を飲んで、ミネラルが増殖するという液体を飲み、その後バイタミックスで野菜ジュースを飲んでいる……でも、そのひとつひとつが、Yさんのものより少し本物から遠のいているから、その分効果は薄いだろう。たとえば、私はうがいをするだけど、このYさんは口の中（特に舌）を掃除する専用のブラシのようなものを使っているらしいし、白湯は完璧に天然のミネラルウォーターだし、マヌカハニーだって、日本で売っている商業ベースのものではなく、どこまでも純粋な本物だろう。真髄から離れている分だけ、効果は薄らぐ。けど、日本でするにはそれくらいでいいのかも。

元出版社出身の女性（Mちゃん）が話しかけてきた。

「ちょっとお話させていただいていいですか？」

ということで詳しく話を聞くと、私の本を読んだことで、当時、うつ病までいっていた状態が改善され、会社を辞めて、自分の好きなことを始めたという。その後、ノマドな生活の実践者ということでメディアにも進出して注目を集めた。

そのMちゃんが突然「私、スリランカに住もうと思うんです」とアーユルヴェーダの話を始めた。アーユルヴェーダ、いいかも！

スリランカには、アーユルヴェーダのトリートメントを受けられる究極のリゾート施設があること、スリランカ人の親日の様子、清潔で勤勉な姿勢など、なんだかピンときた。私の「秘密の宝箱」計画にも影響があるかもしれない。

4月10日（日）

朝起きて、すぐにママさんに電話。「時間がある」というので、近くのカフェでたっぷり一時間、アーユルヴェーダの話をする。

「ああ、うん、それいいわ。すっごくいい気がする。ママも勉強したい」

なんて。でも、「勉強して習得する」というようなことはないだろうな。私たちは、習得して教わるというようなタイプじゃない。自分のために習うという場合でも、自己流にやりそう。生活の中で体得していきたい。

ただ、アーユルヴェーダの話を聞くまで、いろんなサインが集まってきていたのは事実。きのうまでの「秘密の宝箱」には、ひとつなにかが足りないと言うか、「芯《しん》がない」というか、同時進行で生命の神秘とか深いレベルでの健康、美、身体の不思議、というようなものに触れたかった。

そういうものを知りたい私の意識に引き寄せられて、一時は医学に関係ある話が集まってきたときもあったけど、それはちょっと違うと思っていたので、アーユルヴェーダの考えはすごく心地いい。それに近い生活をもうしていた、というところもいいよね。

そうそう、それから最近「英語」もテーマだったので、スリランカが完全に英語の世界というのもよかった。断片としてひとつひとつきていたものが、統合されてきた感じだ。

日々いろいろなものを見て、少しずつ必要な要素を集めている感じ。

おお、まさに、宝箱！　幸せな気持ちで、午後はAMIRIの写真撮影。

4月11日（月）

今日も、朝起きてすぐに外に出たかったので、ママさんとお茶。

最近、ほぼ毎日ママさんとお茶をしている。これ以上にいい気分転換は今のところない。

「気分転換って、毎日必要だよね」

「そうよ、そうよ」

とか言いながら。


今朝、面白い夢を見た。ママさんとディズニーランドに行って、あそこに行ったら普通は

自分を知っていく…

絶対に乗る乗り物にママさんだけが乗らなかった。で、目が覚めそうになった瞬間に「みんながそれをいいと思っていても、自分が違うと思ったらしなくていいということだな」と感じた。

「あなたがそう感じたのなら、その夢はそういう意味ってことよ」とママさん。

ふと目の前の壁に並んでいた本を開いてみると「自分の個性を信じ続けていい、常識を疑え」というようなことが書いてあった。ニヤリとして本を戻す。

午後、仕事の続き。

4月12日（火）

久しぶりのゴルフ。とても楽しかった。

ラウンド後にクラブハウス内ですき焼きを予約してあったのだけれど、1ラウンドではお腹が空かず、もうハーフ（1・5ラウンド）プレーする。従姉夫婦にバッタリ会う。

そしてクラブハウスでお肉をジュージュー。

4月13日（水）

全身筋肉痛。肩こりがすっかり定着したような感じ。

午前中、ママさんとお茶。いつもの場所はお茶しかできないので、「なにか食べに行こうよ〜」と言いつつ、やっぱりやめようか、やっぱり行こうよ、を繰り返す。で、結局、ファミリーレストランのようなところでハンバーグを食べて、私は打ち合わせへ。ダイジョーブタの本と新しい企画の話。

終わって、仕事の続き。

4月14日（木）

きのうの夜、うれしいお知らせがあった。

母がアトリエとして借りようと思っていた物件の審査が通って、使えることになったという。急いでいたので、本当によかった。

長年お世話になっている不動産仲介のTさんによれば、この審査がこんなに早く通ることは異例で、会社でもビックリしているらしい。

先方から要求された書類をそろえたときのこちらの対応に誠実さが感じられ、そろえた書類も的を射ていた、ということらしいけれど、「え？　なに？　どこが？」という感じだ。だって要求された書類はあれ以外に出しようがないし（代わりの書類なんてないし）、もっとも普通の応対だったはずなので……。

でもまあなんにしてもありがたく、「こういうのこそ、神様のおかげよ」ということ。

なんか、いろんなことが動きだした。

午前中は集中して仕事、ランチのあと、昼寝。午後も仕事の続き。

夜、ママさんのアトリエに移す画集を選ぶために本棚を眺めていたら、昔、知人にいただいたあるアトリエの作品集が目に入った。

パラッと開いてみて、ビックリ。そこには、私が「これからこういう方向に進もう」と思っている「モノ」の写真がたくさん載っていたのだ。この本をいただいた当時、私はまだ20代だったので、この本は大人っぽすぎ、個性がありすぎで遠い世界の話だったのだけど、今見ると、真似したいことや目指したいことがたくさんある。ふむふむ。

今、熊本で大きな地震があったらしい。

4月15日（金）

きのうの夜12時頃、寝る前にアーユルヴェーダについて調べていて、スリランカのリゾートのことを考えながら眠りについた。

今起きてFacebookを開けてみたら、スリランカ在住の僧侶からメッセージがきている。

「Ogenkidesuka?」

……誰だっけ？

この人とは2年ほど前に友達になっていて（私は外国人だけは面識がなくても友達申請を受けるようにしているので）、当時もメッセージをくれていたようだけど、そのときは気付かなかったので返信していないみたい。

こんなときにスリランカから。しかもきのう私がアーユルヴェーダを調べていたちょうどその頃にきている。夜中の00：06。

さらに、この人、これもきのう調べたスリランカの建築家（ジェフリー・バワ）に関連している学校を卒業しているらしい。

これはサインだと思うので、すぐにアーユルヴェーダの本を探しに行こう。

3冊買ってきた。その書店の旅行コーナーを見ていたら、ちょうど目の高さに『浄化の島、バリ』という私の本が立てかけてあったので、写真を撮る。

「撮影禁止なんです」と言われたので、「私の本なんです」と言ったら大変恐縮され、「POPを書いてください」と紙を渡された。

4月16日（土）

熊本で起きた地震が長引いている。地震は少ないとされていた九州なのに。いろいろな友人たちが、それぞれのルートで物資を届けたり、人をつないだりしている。手伝っている友人に「手伝えることがあったら言ってね」と連絡する。今日から熊本の野菜を買おう。

この3日間は、ダイジョーブタ本の絵カットに集中する予定。その前に……とカフェでやる気を充電。

4月18日（月）

きのうも今日も絵を描いている。ダイジョーブタ、大きくなったな。たまに深いことをつぶやくダイジョーブタを見て、伊勢神宮の神職の方が「これはダイジョーブッダ（仏陀）だね」と言ってくださったことから、ますます深いことをつぶやくようになったダイジョーブッダ。彼は何歳なんだろう。

4月19日（火）

絵カットが午前中ギリギリで終わった。

お昼に編集者さんに渡す。戻ってきたら、ひとつイラストを渡し忘れていることに気付いた。ちょうどそのあとの仕事で出版社の近くを通るので、届けることにする。

夜は素敵なC姉さんと食事。赤坂の和食屋さん。

行ってみたら、ソムリエが私の知っている人で、板前さんにもお会いしたことがあり、店内のお客様にはC姉さんの友人がゾロゾロやってきて、「It's a small world」だった。

お料理はどれも小ぶりでとても美味しかった。

4月20日（水）

午前中は掃除をしているだけで時間が過ぎた。

お昼は、このあいだの刺激的な集まりでつながった青学初等部の後輩Jちゃんと原宿でランチ。彼女のおじいさまは、私立の小学校関係者では知らない人はいない教育者だったので、その懐かしい先生の昔話に花が咲いた。

Jちゃん、本当にうちの初等部っぽい子だった。

小学校受験について、たまにいろいろなことを聞かれるけど、親の勝手な憧れや妙なエゴで、無理にその小学校のカラーに合わせるのではなく、自然にしていたら自然に受かった学校がその子に合っている縁のあるところだと思う。はじめに（いろいろな意味で）無理をして入れれば、その無理が必ずどこかでひずみになって出るのがよくわかる。親へのひずみか、子へのひずみか、表れ方はいろいろだけど……。

小学校受験は、その90パーセント近くが親の受験だ。親の考え方や日頃の感性、育ち、そのまた両親（祖父母）の考え方がすべて集約されており、どこの学校をどんな動機で選ぶかも、その親の価値観が出るというもの。

私も含め、同級生の多くの子供たちは、たいてい「親（家族）がそうだったから」という理由でその学校を選ぶことが多いけど、それは必ずしも間違った選択ではないと思う。その学校のカラーに合った育て方をしていたから親も家族も受かったわけだし、その影響を受けている子供は、自然とそれに沿う育てられ方をしている。それが良いか悪いかは別にして、その学校のカラーに合っている子になっていることは間違いない。

ここで残念なことが、「その道が唯一絶対の正解の道」と捉える人が増えているように感じること。

どんなに家族や親戚がそうでも、その子はその学校には合わない（だから落ちる）ということは必ずある。それなのに、それが「失敗」という捉え方をする親だと（そしてたいてい、そういう捉え方をする親ほど落ちるのだけど）、その後の人生は苦しいものになるだろう。

……と、この手の話題、私は小学校受験のお教室のお手伝いをしていたこともあり、自分が通ってきた道でもあり、幼児教育は好きな分野なので、かなり熱が入ってしまう……。

ランチのあと、Jちゃんおススメのヨガウェアーのお店に行って買い物した。

4月21日（木）

午前中、雑誌「リンネル」の取材。ナチュラル系の雑誌なので白っぽい洋服を、と言われていたので白のワンピースにした。

久しぶりに、「どうしてこんなに私の感覚がわかるんだろう」という人に会った。

私の言いたいこと、考えていること、スタンスや向かう方向など、「つまり、こういうことでしょ？」と絶妙の新しい言葉で表現してくれる。全部、「そう、私の言いたかったことってそれ……」と驚く。

本当の意味で頭がいいんだろうな。発達した左脳と右脳のバランスが完璧。

4月22日（金）

午前中、明日のホホトモサロンの準備。

この数日、素晴らしい人たちとの出逢いに感動している毎日なので、ホホトモサロンで話すことが盛りだくさん。

夜、これも最近知り合ったふたりの女性とゆっくり食事をした。

ふたりのうちひとりは、完全に感覚優先型の思考だった。

帆「八王子と高尾山の位置関係って、東京からだとどうなってるの？」

Y「ここに高尾山があって、そこから車でピャーッって行くと、八王子」

4月23日（土）

ホホトモサロンに行ってきました。

すごかった……私のアツさが（笑）。いつもと同じように話しているつもりだったのだけど、帰るときに会場の外でホホトモさんふたりに言われて気付いた。

「今日の帆帆子さん、すごかったですっ！　もうホントにエネルギーがすごくて……途中の休憩のときも言ってたんだよね!?　すごいね、アツイねって」

「そうです。聞いている私たちがこうだから、さぞ帆帆子さんはエネルギーを使っているんだろうねって」

なるほど……それはすごい。この数日のよいエネルギーが自然と出たんだな。

心は正直だな、と思う。心というか、エネルギー。同じことを話しても、そのときの気分（エネルギー）によって、まったく別のものとして伝わったり、同じことを話しても、誰が話すかによってまったく違うように聞こえたりもする。

だから、その人が本音で気持ちが乗るもの、自然とエネルギーがこめられることだけを話せばいいし、そう思えることだけに進めばいいよね。

終わって、スタッフたちとお茶。たしかに、今日はいつもよりお腹がペコペコ。エネルギーを使ったのかな。

4月24日（日）

きのうの夜は深く寝た。ベッドに吸いこまれるように。

イベントの次の日は、だいたいオフにしているので、今日は一日家でゆっくりと過ごす。

みなさまからの手紙を読んだり、掃除をしたり。


アトリエ準備中のママさんの頭の中では、実家から運び出すもの、私の仕事部屋から移すもの、軽井沢に持っていくものなどで、頭の中がグルグルしている様子。

マ「あそこにこれを置いて、あの棚の色を塗り直して、あれは軽井沢に持っていく。あのベンチは処分して、あ、でも一応倉庫に入れておくわ、あなたが使うかもしれないから。それから、あなたの部屋にある小さなキャビネットをこっちに置いて……」

帆「ん？　それは、もうそこにないはずじゃない？」

マ「あ、そうか、頭の中が何回も変更になるから、まだそこにあるかと思っちゃったわ」

って感じ。

そうそう、軽井沢も改装するそうなので、その話も合わさってまったく忙しそう。

私の友人でも物件探しをしている人が多くて、今私のまわりは、みんな移動、改装、新築……その手の話が多い。

1／4〜　ハワイ、やっぱり好き、大好き

1／18　雪の初釜

1／18　初釜が洋服になったので、妙に時間のあまった朝

1／3　この「新しい」の漢字の足！

2/2　どうしても食べて欲しかった赤福の大福

2/24　紅型

2/7　人気だったチョコネイル

2/14　崩れたチョコ……ひどい、ひどすぎる。この顔とか、なんなんだろう(笑)

5／13　ばななさん♥

4／6　オープンカーが1年で
唯一（くらい）活躍した日

5／1　これから自由が丘まで歩く！

4／9　桜を見る会

4／16　ダイジョーブタ本の
絵カット

1月・3月
ホホトモ東京ツアー

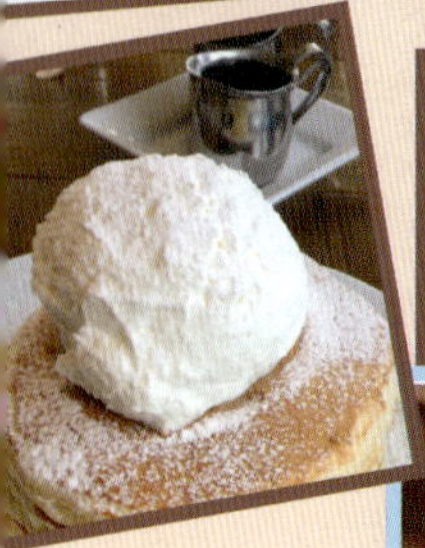

夜、解散したあとも別れがたくて話しこむ

7月　ホホトモ日光ツアー

香取権禰宜

ツアーはホホトモさんとゆっくり話せるから好き

タイのお気に入り「ザ スコータイ バンコク」

7/2 オレンジの袈裟を持った人が上っていた「ワット・パナンチューン」の大仏

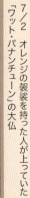

アユタヤの博物館の外にあった帆船！

7／2　私が好きだった、ご縁のあるお寺

7／3　おそろいのリング

こ～んなのが駐車場から見えてしまう……

ピンクガネーシャ……

5/19　みんな、ハンバーガー

そのあとに買ったカゴ

タイで降臨したガネーシャ

夫が我が家に連れてきたガネーシャ

帰国後、箱根の宿にいたガネーシャ

女性の社長って……感情的に動く人が多いので、ビジネスとしては残念な結果になる人が多い気がする。その嫉妬や、無理のあるお友達ごっこや、妙なパワーハラスメントは、まるで中学生の人間模様を見ているようだ。潔さ、スッキリ感は、やはり男性の経営者のほうが多い。これからの時代にうまくいく女性社長（経営者）は、他者と調和して、不安やうたぐりや壁をつくることがなく、考え方が柔軟で、自分を「王様」のようにしない人、そういう人はうまくいくと思う。

AMIRIに新しい商品のラインが出た。久しぶり。私の思いつきだけで進んでいるAMIRI。発売時期も新しいラインも私の気の向くまま。なので予定は未定。今はこの感じが心地いい。

4月26日（火）

最近、新しい人と触れ合う波がきている。しかも、私が望んで会っている。こういうことは私にとって本当に珍しいので、まさに急に押し寄せた波。

「秘密の宝箱」について考え始めたら急にこの波がきたから、やっぱりこれも関係あることなんだろう。

私は、好きなタイプの生き方として、自分の好きなモノに囲まれたり、その世界にゆったりと浸ったりするような暮らしが好き。

自分の好きな少数の人たちと。大人数と知り合ったり、交流したり、パーティーを開くようなスタイルは、本当にたまにがいい。でもだからといって、田舎に行って自然とともに自給自足とか、そういうことではない。生まれ育ったのが東京なので、東京は私にとって癒しの場所だし十分に自然もある。

どちらかと言えば職人的かもしれない。でもひとつのことを極めるとか、習い続ける、というようなこととともまた違う。美術館に並んでいるたくさんの素敵なモノをジーッと眺めているときの、なにかがあふれてくるようなあの感覚が好き。そういう感覚になる暮らしをつくっていこうと思っている。「秘密の宝箱」計画も、それに沿っている。

今日は忙しかった。午前中は仕事。お昼にネイルサロンに行き、夕方から物件を見て、夜に大事な荷物を受けとる。

あれ？　書いてみるとこんなものか。

今日もさわやかな天気だった。張り切って、ワンピースに素足にサンダルで出かけたら、寒かった。

今日見た物件、前から私がとても興味のあるところだった。

5世帯しか住んでいない低層階マンション。東京都心のよい住宅エリアは低層階が主流だけど、その中でもひときわ素敵で、前から「ここはどんな人たちが住んでいるんだろう」と興味津々で眺めていたところだった……それがなんと、一部屋空いたのだ。

情報で見る限りでは、素晴らしくいい！　リビングが30畳ないのは残念だけど、玄関が完全に独立している。この部屋がマンション全体で一番狭い、というのもいいと思う。他に住んでいる人たちの様子が「推して知るべし」だ。

というやる気満々で見に行ったのだけど、結果的にはNGだった。室内の景観が、コンクリートの中庭に面した「Wall View」……ない、これはない。

坂の上の高台に立っているので、まさか展望が開けていないなんて考えもしなかった。これはなかなか借り手がつかないだろうな、と思っていたら、

「芸能人は外から見えないほうがいいので、とても人気があるんですよ」

とのこと。なるほど……。

どちらにしても、リビングも26畳には見えないほど狭かったし、迷わずやめた。

4月27日（水）

今日は幻冬舎の編集さんと会い、午後は新しい出版社さんと。

新しい流れを感じる……。でも、これもやっぱり私が自分で引いているのだと思う。数ヶ月前、私が「○○のために必要な方法を教えてください」と宇宙にお願いしたから、この話がきたのだろう。

はじめはそれとこれが結びつかず、単発で途切れて起こっているように感じるのだけど、考えてみたら「これはあのお願いの答えだ」ということが多い、多すぎる。

「多いというか、すべてがそれで動いているのよ」

とママさん。


ある人（仮にHさん）が、私の知人（仮にLさん）の最近の悪い噂を私に言ってきた。

Hさんはしさんとの面識はほとんどなく、私のほうがずっとLさんに近いところにいる。

Hさんはたいした悪気はなく、最近聞いた話として私に教えてくれただけなんだけど、私は別のところから、同じことについてまったく違う見解を聞いていたので単純に驚き、笑えた。人の噂というのは本当にいい加減なものだなあと思って。

そして、噂レベルで誰かの批評をするのは絶対にやめたほうがいいということを再確認した。自分が直接接して感じた個人的な感想ならともかく、「〜〜らしい」という程度の話を他人に言うのは絶対にやめたほうがいい。

実は、それによって評価が下がるのはLさんではなくて、噂をしたHさん自身。

それが浮き彫りになる会話だった。

物事は、反対側から見れば必ず反対の立場と意見がある。どちらも、その立場から見たら真実。だから、どちらが正しいかではなく、自分はどちらのほうに納得できるか、というだけで、それすらも、その人自身の考え方の好みを表しているので、絶対的に正しいものなど、ない。

またよく「他の人たちも言っているんだけど……」という言い方をして、「だから自分の意見は正しいんだよ（大勢がそう思っているから）」というニュアンスで話してくる人がいるけど、あれってなんなんだろう？　他の人が全員思っていても正しくないことはある。そもそも、人の好き嫌いに正しいも正しくないもないんじゃないかな。だって反対側から見たら反対の意見があるんだから。

「理由はなんであれ、自分はあの人が苦手」という個人的好みを伝えるのでいいんじゃないかな。「他の人も……」と言って、相手をとりこもうとする人って、自分に自信がないんだね。

4月28日（木）

今日は雨。逆戻りしたかのように肌寒い。

夕方から、これもまた楽しみにしていた新しい企画の打ち合わせへ。

はじめてお会いするS君とS君を紹介してくれたチーちゃん。

思いが純粋な人と一緒に仕事をするのは本当に楽しい。

3人で思わぬ盛り上がりを見せて3時間、途中、アップルパイを頼む。

S君も迷わず「アップルパイ」と言っているので笑った。

帰りにチーちゃんから、今朝つくったという春巻きをもらったので、今晩の食事はこれ。

それとひじきの煮物と玉ねぎのお味噌汁と、小松菜と油揚げのソテー。

本当は夕食を抜こうと思っていたのに、玄米ごはんと一緒にモリモリ食べる。

4月29日（金）

ゴールデンウィークが始まった。

今年は軽井沢も改装に入るし、いろいろと楽しみなことがある。

今日はさっそく、書斎の掃除。本の量が半分になった。

洋服のコーナーも、クルクル丸めて収納するスタイルにしたら、倍以上、収納できることがわかった。色もグラデーションになって綺麗。

はじめはいいと
思ったけど……
シワシワになるから
やめた…

掃除をすると、出るわ出るわ、昔の懐かしいもの。どうして実家ではなくここにこんなものが……という謎のものも多い。仕事部屋にしては無駄に広いこのスペース……だったはずなのに、今ではトランクルームにも天井までものがびっしり。

神社のおみくじなんかも、大事にしまってあった。それを引いた日付が書いてあったり、大事なところに線が引かれたりしている。それを見ても、その日付や年を思い出しても、なんでそこに引いたのかまったくわからない。

そんなものだと思う。かつて、どんなにその人を温めたり勇気づけたりしたことでも、その気分（エネルギー）ではないときは、ただの紙切れとなる。

なので、それはもう処分していいものだ。それでいいと思う。あのときとは「違うもの」になったのだから、もう、そのものにこだわらなくていいんだ。そうじゃないと、あのとき自分に影響を与えてくれたもの、大事だったものとして、関わったすべてのものをとっておかないといけなくなる。

これって、人間関係にも当てはまるんじゃないかな。たしかにあのときは盛り上がったけど、そのときの旬な関係は終わり、まったく別物になってしまったあの人に、いつまでも当時の片鱗を見つけようとして、過去の関係性だけでしがみつく必要ってあるかな、と思う。

そのときの関係に感謝して、手放す、ということ。そして、相手の今やっていることにまた心打たれれば、もう一度出会えばいい。新しいふたりとして。

4月30日（土）

スマホサイト「帆帆子の部屋」のトラベルフォト、今はドバイの写真を更新しているので、ドバイについて書いた『出逢う力』の後ろについているドバイ旅行記を久しぶりに読んだら、すごくいいことが書いてあった。

もっとも影響力のある女性アーティストとして、「Forbes」の表紙にもなった「Azza Al Qubaisi」さんとの会話。

A「よく、どうすれば成功しますか？　というようなことを聞かれるんだけど、私は『どうすれば』という『HOW』を知る必要はないと思う。ただ、ゴールのそうなっている自分が見えているだけで（それを知っているという感覚ね）、そこに注目していると『事』が起こるのよ」

帆「よくわかります、そこにつながる物事が日常生活に起こってくるんですよね」

A「そうなの。たとえば私は『お金を稼ぎたい』と『アーティストになりたい』というふたつの思いだけがあって、ゴールのヴィジョンを見ていた……そうしたら途中から、プロデュースという方法がやってきて、プロデュースしながらデザインをしているうちに、自分のラインが少しずつできてきたの。そのための方法っていうのは、そのときは自分の心にはなかったもので、外からやってきたのよね。すべてが集まってくる」

本当にそう。

さて、午後は友達とプラプラ散歩して、プラプラ買い物をする。

5月1日（日）

今日は渋谷から自由が丘まで歩いた。運動不足解消のため。

遠い、遠すぎた……今振り返ると、よく歩けたものだとしみじみする。

でも道中は快適だった。気持ちのいい日差しで、暑くもなく、寒くもなく、ちょっと汗をかくくらい。

お昼は自由が丘の落ち着いた和食のお店でランチ。すき焼きと、油揚げのお椀と十穀米と大麦とトマトの冷たいサラダ、豆乳とかぼちゃのムース、デザートに大きなカステラを食べる。友達の定食についていたどら焼きも美味しかった。

帰りは線路脇を歩く。

のどかで、線路脇に咲いている花が風に揺れちゃったりして、とてものんびりとしたいい風景だった。

友達が、さっき買い物をしたものが入っていた箱が歩くときに邪魔なので、中を出して捨てたいらしくごみ箱を探したんだけど、ずっと見つからない。通りがかりの人が捨ててもいいごみ箱って、ないものだなと思う。

たまに見かけるステンレスの蓋付きの大きなダストボックスは、そのマンション専用のものだし、結局、3駅分くらい歩いてようやく捨てられた。

目の前にごみ箱があるのに、「ここは住人専用だろうからやめよう」とか、日本人のベースの躾《しつけ》ってすごいなあと思った。

無事に身軽になってさらに歩く。途中、目黒のあたりで公園に寄る。休日ののどかな憩いの風景。

家まであと20分というところで足が痛くなってきた。ここでタクシーに乗るのは嫌なので、目の前の一歩を見つめて無言で歩く。

戻ってシャワーを浴びて、夜は弟と食事。

5月6日（金）

ゴールデンウィーク中は、仕事をしたり、フラッと外に出かけたり、デートをしたりした。

5月12日（木）

ママさんがアトリエに引っ越し。

「どう〜？」と電話したら、

「まだまだよ〜」だって。

5月13日（金）

東大の人たちの勉強法は一本筋が通っているので前から興味深かったけど、今日聞いたのックな彼ら。
東大生って、自分の信念が半端ないな、と思う。それぞれの方法をつきつめているストイ
「人の集中力は30分だから、やる気のあるときにワーッとやれば大丈夫」
はこれ。

今日のお昼は楽しみにしていた吉本ばななさんと、友人のKさんとランチ。銀座の和食。
ばななさんは……変人だと思う。私の中で変人というのはかなりの褒め言葉。私もこれく
らい自由になりたい。
ばななさんは普通に話しているのだろうけど、私が想像できる枠をはるかに超えた意外な
返事が返ってくる。意表を突かれる、とはこのこと。
以前、ばななさんのエッセイで、「私は日常のほとんどを地獄だと思って苦しく生きてい
て……」というようなニュアンスの文章を読んだ。
それに対して読者の人が「エッセイを読んでいると、とてもそうには見えない（どういう
意味ですか？）」と質問したら、「私も物書きのプロなので、それをいちいち露呈するほど馬
鹿ではない」というような回答をしていた。
それから、ばななさんから見てもすごく変わった外国人の芸術家（だか職業は忘れたけ
ど）がいて、「私はその人の世界を、この現実に通用する言葉に翻訳して世に出すためにい
る」みたいなことも書いてあって……。

とにかく、そんな素晴らしいばななさんに、

「帆帆子さんは現代に保存されていないまれに見るピュアな生き方をしている人。『書く』というのは、たいていなにかきっかけになる事件とか、大きな（ある意味、苦しくつらい）体験があって書き始める人がほとんどなのだけど、帆帆子さんは純粋な探求心や興味だけが動機……本来はそうあるべきだけど、それをできている人は少ない。それは、これまできちんと勝負してきた人だからだと思う」

なんて言われて、感激でひっくり返りそうになった。

ばななさんが世界中のセレブとかヨーロッパの貴族のお城での晩さん会みたいなものに招待されたときの話が面白かった。

やっぱり、ばななさんはすごいわ……。

終わって駐車場に戻ったら、その駐車場は、たまに銀座にある果てしなく金額が上がっていく駐車場で、2時間ちょっとで1万1000円もした。

「本日のランチの聴講料、1万1000円なり〜」という感じか……。

ああ、でも11番は私のラッキーナンバーだから、よかった。

5月15日（日）

毎日本当にさわやかな日々。5月って大好き。

そういえば、このあいだ、ひょんなことからとっても居心地の悪い集まりに参加してしまって、本当に苦しい思いをした。あまりの違和感と場違いさに、この主催者、よく私を誘ったな、とビックリした。大人数のパーティーならともかく、20数人で会場もとてもクローズドな場所。しかも私がゲストのようになっていたので、そうそう簡単には帰れず……。

その集まりのことを知っていた知人が、私が顔を出しているのをあとから知って、「え？　帆帆ちゃんが？　よく行ったね～（笑）」と言われた。

うん、私もああいう集まりだとは知らなかったの。

ここしばらく、新しく知り合った人に誘われて新しい集まりに出ることが続いていたけど、それもそろそろ終わりだな、という予感。

5月18日（水）
今日もまた、一年にそうそうあるもんじゃないというさわやかな天気。
こんな日は、仕事が進むというもの。
午後、最近よく行くセレクトショップでニットを2枚買う。

5月19日（木）
今日は、6月に行くタイ旅行の打ち合わせ。
メンバーは心の友達4人組、9時半に待ち合わせのカフェで集合。

朝ごはんが充実のカフェ。外の席に座る。

ああ、ここは……この感じは、ハワイにいるようだ。涼やかな風が吹き抜ける。

朝ごはんは全員アサイーボウルにした。

「だってほら、ランチもここで食べるしさ」

「そうそう、軽くしとかないと」

なんて言っているので、店員さんがニコニコしてランチメニューも置いていってくれた。

3時間相談して、ほぼ、決まった。行きたい場所だけピックアップして、あとは現地の人に手配してもらおう。

この3人は興味の矛先が違うので、逆にすぐ決まる。

ランチの時間になったので、ハンバーガーを食べる。

「オムライスがいいなあ」

「私、ステーキ」

「クラブハウスサンドかな」

なんて話していたのに、オーダーするときになったら突然、みんな、

「チーズバーガー」

「アボカドバーガーにチーズのトッピングで」

「ダブルバーガーにチーズ」

とか言ってた。女子でダブルバーガーとか頼む人、私、無条件に好き（笑）。

その後、ママさんとこのあいだ聞いたカゴのお店に行く。
お目当てのカゴがあった。チュニジア産で1万8000円。
アフリカで1000円くらいで買ってきただろうこのカゴが、日本にくると2万円近く
……フーム……。いや、現地ではもっと安いかも。ママさんは、はじめまったく乗り気じゃなかったのに、結局、私とは違うタイプのアフリカのカゴを買っていた。

今日、ママさんと話していて、「そうか、あれはそういう意味だったのか」と、やっと意味がわかったことがあった。

数日前からFacebookでメッセージのやりとりをしているPさんが、ある話をしてきた。

それは、ママさんがこの一ヶ月ほど探しているものが見つかるヒントになっていたのだけど、
私は、「Pさんからの話とママの探しているもの」がつながっていなくて、Pさんからのメッセージを、ただ「へ〜、そうなんだ」という程度に聞いていた。

でも、それを今日ママさんに話したら、「あなた！　それは私の探していた○○の話よ！」と言われてはじめて気付いたのだ。

ママさんがずーっと探していたことの情報を、私が最近知り合ったPさんを通して入ってきた、ということ。

情報は思わぬ方法でやってくる。

5月22日（日）

今日はホホトモの東京ツアーの2回目。

終わったあとのこのワクワク感、これだよね。

人でもものでもどんなことでも、それに触れたときや参加したあとにこみ上げてくるワクワク感、これを大人数で感じるだけで日常のパフォーマンスは上がる。

5月25日（水）

新刊『ダイジョーブタがあなたの悩みを解決します！』が出た。

携帯サイト「帆帆子の部屋」の「Q＆Aコーナー」をまとめたもの。絵もたくさん入っていて、オールカラーでとてもかわいい本になった。

6月1日（水）

前からゆっくり話してみたいと思っていた女性とランチ。

たった一言で、「この子面白い♪」と思う瞬間があった。

私たちの共通の知人で、外から見たら、セミナーや講演会をたくさんやって、対外的に「成功している人」というイメージを植えつけている人がいるんだけど、聴衆をあやつる巧みに考えられたプログラムと、より高額なセミナーに勧誘していくところに、私は以前から疑問を持っていた。あれはかなりのマインドコントロール。聴衆が自然とその気持ちになるのではなく、そうなるようにかなり考えて仕組んでいて、それを一生懸命演じているところが滑稽。

で、彼女はその人の、少人数のセミナーにも出たことがあって、わりとその人の近くにいそうな気がしたので、どんな感じなのかを聞いてみたら、

「まあ……ホンットに正直に一言で言うとしたら、ペテン師ですよね」

と言うので、笑った。いや、今思い出すと、ペテン師じゃなくて、「いかさま師」じゃなくて、なんて言ったかな。その手の言葉。

彼女は、その人のことをもっと信奉しているのかと思っていたので、大笑い。

6月5日（日）

結婚することになった。

今年に入ってから一気に関係が縮まった彼。

この年齢で、お互いにフリーで心から惹かれ合えば、結婚まではあっという間。そしてそれがものすごく自然に思える。突然、という感覚はまったくない。

6月6日（月）

有料メルマガの「まぐまぐ」さんからお声かけいただいて、配信をすることになった。まずはタイトルを考えようと思う。

6月7日（火）

半年分ほどのこの日記を読み直してみると、彼について書かれているところがあまりない。本当は「これは彼のことなの」という部分はあるけど、具体的には書いていない。なぜだろう、と考えてみると、恋愛中はとてもこんなところに書けないほどのめりこんでいてアツイからだ。

冷静に、一歩引いて書くなんてできない。そんな分析するように、淡々とは書けない。情熱、アッサ、それを超えたあとにやってくる穏やかな興奮と未来への展望。まあ、考えてみると、最近、私にしては珍しくたくさんの人と会っていたのも、そのエネルギーの表れかも。

「秘密の宝箱」計画も、恋愛のワクワクと同時進行だったし相乗効果。

不思議なことに、彼といると、未来でやりたいことがパーッとひらけていく。これは、今までにない感覚。

さてと、今日は人工知能とスーパーコンピューターの開発で注目されている齊藤元章先生の話を40人ほどで拝聴した。心が震えた。こんなに興奮する話の内容は久しぶり。

いよいよ、『アミ小さな宇宙人』の世界がくるような気がする。齊藤先生によれば、人間の力を超えたスーパーコンピュータ（スパコン）によって、今後すべての分野が進化する。

たとえば医学が進化して治せない病気がなくなり、農業が進化してあらゆる食べ物がいつでもつくれるようになり、水がただになり……最終的にエネルギーがただになるので、生きることにお金がかからなくなるという。お金のために生きる必要がなくなる世界。今の人間が抱えている苦悩がなくなるという。

もっと細かく言えば、たとえば人工子宮の完全な普及によって、女性が子供を産むときに生じる肉体的苦痛や精神的な苦痛はなくなるし、老化もしないようになる。驚くのは、そのどれもはすでに実証されているということ。

さらに驚くのは、そういう世界がわずか10数年後くらいにはやってくるということだ。こうしている今もスパコンは計算をし続けているから、去年だったら、その状態になるのに20年はかかると予想されていたことが、今年になったら10数年になっている、というようにどんどん加速しているのだ。これまでの時間軸ではなくなってきているということ。

ついにくる、アミの世界が。

同時によく言われる「スパコンによって、多くの職業が失われる（人間の分野がなくなる恐ろしい状態にならないか）」と心配するのは、まったく枝葉末節な話にすぎない、という。そうだろうね。だって、それを上回る、今の私たちには想像もつかないような知的世界のものが構築されるのだから、職業がなくなることなんていうのは、なんの問題もなくなるのだ。そもそも、それがなくなるかもしれないという恐怖は、それによってお金が得られなくなるという不安があるからだけど、生きることにお金が必要なくなるんだもの。

会場にいる人たちは、その先に待っているアミの世界を知らないから「スパコンによって人間らしい部分がなくなってしまったらどうなるの？　教育はどうなるの？」というような途中段階に目がいってしまう人が多かった。

スパコンが普及すれば、むしろ、人間がより人間らしい生き方をするようになると思う。生きるのにお金がいらなくなり、食べ物ものも必要なものはすべて手に入れられるようになる……するとなにが起こるかというと、ひとりひとりが本当にワクワクすることに進み始める世界になる。だって、生きることにお金が必要なくなるんだから、自分の好きなことに邁進しても生きていけることになる。これまでは、好きなことだけをやって生きていける人は少なかった。お金のために、あきらめなくてはいけない人も多かった。でも、その心配がなくなったとしたら、自分の心が本当にワクワクすることで生きていくことができる。

また、人に気に入られようとか、自分を大きく見せようとか、そういう思惑や心がモヤモヤするような動きをする人もいなくなるだろう。たとえば今日のこの会場ひとつを見ていても、自分の仕事の売りこみや、パワーバランスで動こうとしている人がたくさん見られる。この人は力がある大金持ちだからと近づいている人や、齊藤先生に質問をするときも、先生の話の内容とは全然関係なく、自分の仕事や肩書きのアピールだけして終わっている人もいる。

そういうお金や仕事のための見せかけの付き合いや、偽物の付き合いがいっさいなくなる（だって、お金が必要ないんだから）、すると、みんな自分と本当に合う人、好きな人と接するようになると思う。

すべての価値観が変わる。

みんなが本当の自分を生き始めるということ。


私もあることを質問した。たぶん、この質問の本当の意味は会場にいる全員には伝わらないだろうなと思ったけれど、齊藤先生に届いていればいいや、と思った。

そしてうれしかったのは、その質問のあと、

「さっきの質問を聞いて、名刺交換したいと思いました」

という人がいたこと。この方は、密教の方向から齊藤先生の世界を見ているそうなので、なるほど、と思う。

ああ、なんかワクワクする。もう今日から、スパコンが普及した世界を生きているつもりで生きようっと。

夜、いつものカフェでママさんと会う。

アミの世界がもうすぐやってくるとしたら、どんなことをしたい？　と話し合う。

6月9日（木）

やることがありすぎる。

来週、事務所が引っ越しをするし、それに合わせてひとり暮らしをしていた部屋のミニ改

装もするし、新居にも移るので、てんてこまい。

新刊の締め切りもあるし、新しく始める有料メルマガの発行も迫っている。

それでも、毎日は生活なので、午後、友達とお茶しにでかけちゃったりして。

今、日本を動かしているコミュニティには3つの種類ある、という話を聞いた。

まわりの男性たちを思い出してみると、たしかにあの人はAだな、あの人はBだな、と分類できるので、その分け方に納得する。

AとBのコミュニティは私の近くにあって、Cは私のまわりにはいない種類の人たち。

で、私が男性だとしたら、そのどのコミュニティに対しても違和感がある。どのコミュニティのよさもわかるけど、ひとつのところにずっといたら、そのコミュニティに足りないところが目につくし、どこのコミュニティにも「入りたい」と思わない。

圧倒的にあの世界が好き、憧れている、という好みがはっきりしている人は楽だな、と思う。そこに自分が属していれば誇りに思うし、違ったら、目指せばいい。

帆「今まで自分の立ち位置がホントにわからない、とずっと思ってきたけど、その『どこにも属していない』というのが私の立ち位置だよね」

最後のところがママさんとかぶった。

マ「その『どこにも属していない』というのがあなたの立ち位置よ」って。

マ「それが自立ということよ」

だって〜。そっか〜。そうだよね〜。

6月10日（金）

安倍昭恵さんのお誕生日をお祝いするゴルフコンペ。

ドローンが用意されていて、全員のティーショットを撮影してくれた。大きなハエのような音だ。あの自由自在に空中を移動したり停止したりしている動きそのものが、未来だ。スパコンの話と合わさって、すごい未来が本当にすぐそこまできている感じがした。

大きな声で手を振ったり呼んだり、さんざん録画してから「音は入りませんよ」と言われる。早く言ってくれ。

グリーン上でパターが弱い（カップに対して手前で止まってしまってきちんと打ち切れていない）ときに、「弱吉《よわきち》！」と言うのが私たちの仲間では普通だったので、パターが短かったときに、「ああ、今の弱吉」とか言っていたら、しばらくして一緒にまわった男性が「よわんこ！」と言い出す。

帆「よわんこって、なんですか？」

I「あれ？　さっき言ってたの、なんだっけ？　動物みたいなの、人間だっけ？」

帆「〝よわきち〟のこと？」

I「ああ、人間か。犬かと思ったから、よわんこだったかな？　って」

その後、「つよんこ」というのも登場する。

ヨワンコ！
ツヨンコ！
もう何を言っているのか
わからない（笑）

6月13日（月）

気持ちを落ちつけて、やらなくてはいけないことを順番にこなす。

この忙しいときにもうひとつ、車検まであった。車検のあいだは車がないので、予定を組み直さなくちゃ。

6月14日（火）

今朝、起きたときに「今日はものすごくいいことが起こる気がする」と思った。そう思っただけで元気が出たので、これからは毎日そう思うことにしよう。

夜は、C姉さんと、その友人たちと、「81」というレストランに行く。今、話題の。

薄暗い中、イケメンの男性たちによって運ばれてくるこじゃれた料理。なんとなく、ホストに歓迎されているような感覚。

この表面的なパフォーマンスからは意外なことに、料理はどれもものすごく美味しかった。デザートまで、完璧。

久しぶりの知り合いに会った。

彼女はいつも男の人と一緒にいるイメージがあるけど、今日も彼氏ではなさそうな男性と一緒だった。

6月15日（水）

今日は、私の女友達に彼の男友達を紹介するという、なんとも心躍る夜。

夏前の気持ちのよい夕暮れ、美味しいイタリアン、ワクワクする。

↓ まとまらなかったけど

6月16日（木）

最近、毎日ひとつ食事の約束があって忙しい。

今日は、ある美容メーカーの広報の女性と、彼女の友達の美容家と外苑でランチ。


家でテレビを見ていて、お互いに好きなことをやっていて、たまにふとテレビのへの感想を言って笑ったりして、こういうことのために結婚ってあるよね、と思う。

6月17日（金）

事務所の住所が移転した。これまでふたつあったものをひとつにしたのだ。

それにともなう作業はいろいろと大変。この手の様々な書類上の手続きって……私がするわけではないけれど、聞いているだけで面倒に感じる。

区役所に行って、税務署に行って、いろんなところに捺印して……この手の作業が苦にならない人っているのだろうか……。

6月18日（土）

今日は名古屋でホホトモサロン。

会場は「ラ ポルト マルセイユ」というレトロで、歴史と雰囲気のある洋食レストランだった。オーナーの女性もとてもかわいらしくて綺麗。

みなさまに軽食を召し上がっていただきながら、私はしゃべり続けた。話したいことがたくさんあるのでつい早口に……最後のほうにこのあいだのスパコンの話もして、アックなった。

今日は、名古屋に来るようになったはじめのきっかけであるAさんが、現場を手伝ってくれた。楽屋にはご主人と赤ちゃんも来てくれて、みんなで楽しくお茶。

ここのオーナーMさんが研究している「ベジデコサラダ」を食べながら。美味しそうなき

れいなホールケーキが出てきたと思ったら、全部野菜でできているという。新しいサラダの形。これがすべて野菜だなんて信じられない。盛りつけも、まわりに野菜がいっぱいのっているプレートの真ん中にのせられて出てくる。そして、ものすごく美味しい。ここが重要だよね。パーティーやおみやげにも最高だと思う。

6月19日（日）

きのうホホトモさんにいただいたプレゼントや手紙をゆっくり読む。

ダイジョーブタの絵が焼いてあるお皿（プレート）があった。かわいい……。


今日も、夏を想像させる暑くてワクワクする日。

友人の家のバーベキューに呼ばれた。着いて車を降りたら、空のどこかからバーベキューらしい音がする。見上げると2階のテラスから、友達がこっちに手を振っていた。

広いテラスで、すでにジュージューといろんなものが焼かれていた。近所の方々なども合わせて10数名。近くでバーをやっている男の子がお酒を担当し、和食屋さんをやっている男の子が焼き係を担当しているので、私たちはなにもしなくてよく、笑って飲んで食べていればいいといううれしい役だった。片付けまで彼らがやってくれた。手伝おうとすると、「いいですからいいですから、座っていてください」とか言われるので、そのまま座ってしゃべっていた。最後、目の前の机まで片付けられたときにようやく気付く。

ゴルフ帰りの彼も合流して、今度は室内で。向こうのほうではこの家のご主人が男性陣と話しこんでいて、私たちはテーブルで女性ばかり、別の人はキッチンをウロウロしていたりして、みんながくつろいでいる癒しの空間。

「こういう家、いいね」

「人が自然と集まるこの雰囲気ね」

と、私たちは未来を夢見たり。

7月1日（金）

2日前からタイに来ています。

メンバーはウーちゃんとチーちゃんと私のママ。心の友、4人組。バンコクでは、ホテルや大学を経営している財閥出身のSさん（仮にバンコクさんと呼ぼう）と、その友人でウーちゃんやチーちゃんたちの同級生の女性と全部で6人。彼女はアメリカのシカゴから来ているのでシカゴマンと呼ぼう。


初日はホテルに着いて、エステを受けて、バンコクさんと食事する。前に来たときより、いろんなファッションビルやお店がずいぶん増えた気がする。

食事のあと、ガネーシャを見に行った。なんでも、毎週木曜日のその時間帯にガネーシャが降臨するというので。

ガネーシャが降臨……。

夜のバンコクの街は人がたくさんだった。

降臨の時間に間に合わなそう、と思って急いでいたら、

「その時間をすぎてもしばらくいるから、ちょうどの時間に間に合わなくても大丈夫」

とバンコクさんに言われた。

……そうか、そうだよね。その瞬間だけじゃないんだから。

ガネーシャの象は金色に光輝き、まわりではたくさんのタイ人が祈りを捧げていた。

強いお線香の香りと、どこからともなく流れてくる異国の音楽。

わさわさして混沌としているのに神聖なこの感じは……バリ島に似ている。

今、心にあることを一心に祈る。それからお供え物のセットについている小さなキャンドルに火をつけて祭壇に立て、ガネーシャの像に花輪をかけて終わり。

次にガネーシャのお母さんで、シヴァ神の奥さんである「パールヴァティー」の像へ行く。道を挟んで反対側にあるけど、そっちには広場もなく、数段段差のあるところに置かれているだけで人もまったくいなかった。

降臨〜！
ジャジャーン
パタ
パタパタ
いらっしゃいませ〜
こういうのを想像してた…

翌日は、バンコクの定番である「エラワンの祠《ほこら》」に行った。ヒンドゥー教の三大神である「ブラフマー」がおまつりされているところ。

ここは何回か来たことがある。中心に安置されている神様に向かって4方向から同じ形で祈るので、お供え物も4つ分。

隣ではタイ舞踊が踊られていた。あれは、ここで祈って願いがかなった人がお金を払って踊ってもらうらしい。よかったね、誰か、かなったんだね。

その隣では、象の置物がたくさん売られていた。守り神として、家に持って帰って飾るんだって。結構、大きい。大小様々のダルマを思い出す。

バリ島のヒンドゥー教と同じように、タイでも、祈っているといろんなところから聖水が飛んできてしっとりと濡れる。

それから、「ワットプラケオ」（王宮）にも行った。すごい人で中国人なども多かったので、パワーがある建物を入り口近くから眺めただけでクルッとUターンする。

「ここから見れば十分だよね」

居心地の悪い場所に対して、決断の早い私たち。

私は、前回来たときのことなどをボーッと思い出した。

思い返すと、あの頃の私と今の私が同じ自分とは思えない。考え方はそんなに変わっていないと思うけれど、あのときまわりにいた人たち、あの頃の生活、あの頃の自分の行動半径を思うと……ホント、同じ自分とは思えない。また数年経つと、今の私に同じようなことを言っているかもしれないから、これからが楽しみ。

今回も、ホテルは私の大好きな「ザ スコータイ バンコク」に泊まっている。
都会のオアシス。ロビーなどに人がわさわさしていることのない、大人の隠れ家。かなり私好み。

なんといっても素晴らしいのは、このホテルの朝のビュッフェ。相変わらず素晴らしい品揃え。各国の厳選された美味しいメニューだけが並ぶ。

たとえば日本の場合は、小ぶりで脂ののっている鮭と、日本で食べるより美味しく感じるひじきの煮物と、美味しいお味噌汁、それだけ、という具合。ビュッフェにありがちな、種類は多いけれど美味しくないものもある、ということはまったくない。ハム類や野菜、炒めものなども、本当に美味しいものだけが厳選されている。グルテンフリーのパンや無塩バターもある。はじめて来たときに感動したハチミツの種類も変わらず豊富。

そして、毎日少しずつメニューが変わっているのだ。

買い物は、まだあまりできていない。ゴールドやシルバーのジュエリー市場に行きたいと思っているのだけど、はじめの2日間は空振り。シカゴマンがバンコクさんにあまり上手に伝えていないんだろうな、という感じ。まあいいか、必要があれば出会うだろう。

7月2日（土）

今朝は雨。結構激しく。

朝のビュッフェでは、野菜サラダ、シリアル（レーズンとアプリコット、くるみ）、オムレツ（ハム以外のすべての具）、ワッフル（塩バター）が定番になっている。

毎日、仏教の寺院に1ヶ所は行っているので、「ブッダの言葉の中で、自分が一番ピンときた言葉を心に思ってお参りしよう」ということになった。

私がピンときたのはこれ。

「他人の過失を見るなかれ。

他人のしたこととしなかったことを見るな。

ただ自分のしたこととしなかったことを見よ」

他人の言動についてゴチャゴチャ言う人、常に他人の動向が気になる人って、自分の人生を生きていない。それはその人の人生だよね。それに、他人の言動をゴチャゴチャ言えるほど、自分も完璧ではない……。

今日はアユタヤ遺跡に向かう。

日本人町に着いて、かつて日本とシャムにあった交易の歴史についての博物館を見る。

そこでウーちゃんから、「帆帆ちゃんはアユタヤの王様に応援されている」と言われた。

それから琉球王国。それらの国が関係する交易や貿易に関係があったんだって。

貿易……これからやりたいことのひとつだ。それから、今、世界中につくっている人脈が、必ずつながってくるときがくるから、今は焦らず、今までどおりに、どんなものを貿易したいか、これがいい、あれがいい、と考えていればいいんだって。

いいじゃ～ん。これもいい、あれもいいと気持ちの向くままにやっていて、どれもまとまっていないような気がしていたけれど、それでいいんだって。

「だって、そのすごい人たちから今すぐ声がかかっても困るでしょ？」

だって。たしかにそう。

「文化の架け橋的にビジネスをするから、もうそこに自信を持ってください」

とのこと。うん、わかった。それぞれ、他の人にも面白いメッセージがあって、博物館の隅でみんなで丸くなる。これ、カンボジアでもあったな。アンコールワットのメインの通りの真ん中で、みんなで丸くなった。

博物館を出たところに、鉄でできた帆船のオブジェがあった。おおお、そうか……、やっぱりね、帆帆子だしね。

数年前にベトナムのホイアンに行ったときも、一番好きと思った建物が、貿易の無事を祈るための場所だった。そしてそこにも「順風満帆」という意味を表す「帆船」のオブジェがあったんだよね……。

やっと遅れていたバンコクさんが着いて、「ワット・パナンチューン（Wat Phanan Choeng）」という寺院に行く。

はじめに見たブッダは、この港町にやって来た当時の交易商人たちが、川から船をつけるときにはじめに目にしたというブッダだ。

金色に輝くブッダに向かって、3回手を合わせて3回おでこを床につけるというお参りの形をとり、あとは自分の思いや願いを伝える。

両手、両膝とおでこという5つのポイントを地面につけるという形はイスラムの祈りと同じだ。そして、花を捧げ、お線香を捧げる。まわりには祈っている人がたっくさんいて、清濁併せのむ混沌とした状態で祈りを捧げるという形もイスラムやヒンドゥーと似ている。

やはり、神道とは少し趣が違う。神道のあの清潔感、常に浄化された清潔な状態で神の前に座するという姿勢とはひと味もふた味も。

次に大きなメインのブッダの部屋へ行く。

人がひしめいている入り口をくぐると、向こう側には想像以上に広い空間があって、大きな光り輝くブッダが鎮座していた。

空間全体が黄金色に光っている。手前には祈りを捧げているたくさんのタイ人。日本人はひとりもいない。

ブッダの上には何人か人が上っていて、オレンジ色の袈裟《けさ》をブッダにかけている。その袈裟を頭にかけると幸運になると信じられているそうで、ブッダから伸びている袈裟の端っこをみんな自分の頭にかけてお清めをしていた。

横にまわって見上げる……大きい。そこに正座してみんなで祈る。

反対側にまわって、そこに座っているお坊さんにも祈ってもらい、頭に聖水をかけられる。バリのときみたい。祈り終わると、手首にオレンジ色の紐《ひも》を結んでもらう。これもバリみたい。

最後に、隣の部屋のブッダにも祈った。この部屋は中華風。ブッダの左側には鍾馗《しょうき》様のような神様がたくさん並んでいる。

ママさんが軽井沢を改装している職人さんから何度も電話がかかってくるそうで、ブッダの横で話していた。

「今ね、タイなの。ブッダの部屋にいるところだから、またあとでかけ直しますね～」

とか言っている。

マ「だってね（笑）、『今、よろしいですか？』って言うから、今はダメなのよ、って何度も
言ってるのに話し出しちゃうんですもの～（笑）」

とか言って。

外はすごい日差しと暑さ。

隣に流れている濁った川には魚がたくさんいる。みんなで餌をあげる。前にみんなで愛宕神社に行ったとき、そこの鯉に餌をあげたことが思い出される。餌付けって、なんか、あるよね。その土地のものにエネルギーを渡す、というようなこと。

ランチは、川の上に浮かぶ「ラフティングの神様」という意味の名前のレストランへ。きのうもそうだったけど、バンコクさんの頼む食事の量が普通じゃない。今日も、全部で

10皿くらい頼んでる。

「私、アユタヤにものすごくご縁があるみたい」とバンコクさんに言ってみたら、

「ここにいる全員がそう。縁のない場所には来ないから」

と言われた。このときだったね、この人への門戸が開いたのは。

たしかにそう。ここに関係のない人が、ここに集《つど》うはずがない。

そこへ、彼のスピリチュアルガイドから電話が入り、「私たちを○○というお寺に連れて行ったほうがいい」と言われたらしい。

そのお寺「Wat Thammikarat」とは、ロイヤル（王族）に最も関係の近いお寺らしい。

また「王族」が出てきた……2年前、私がドバイに行ったあと、サイキック的な人に「また別の王国にご縁がある」と言われたけど、やっぱりそうだったね。

Wat Thammikaratの敷地に来たとたん、空気感が変わった。すがすがしく、澄みきっている。とても気持ちがよく、誰もいない。庭園のようなお寺。

入ったすぐ左手に、ピラミッドのような遺跡、そしてダチョウのような鳥のオブジェがたくさん。

奥にあるブッダの部屋には、3体のブッダが鎮座していた。一番奥のブッダの前に座ると、バンコクさんがおもむろにポケットから小さな箱を出し、中から小さな仏像を取り出してブッダの横に置いた。それは、今朝スピリチュアルガイドに渡されたものらしい。

「これは、みんなの新しい扉を開く鍵です」とか言ってる。

バンコクさんってかなりスピリチュアル。タイ人は誰もがそういうふうに捉えるのだろうか。偶然はなく、そこに常に神の采配があるという捉え方。

お坊さんに祈ってもらって聖水をかぶった。前に置いてある小さな石のお守りみたいのが欲しいな、と思っていたら、100バーツ以上お布施を渡すとくれるというので100バーツ払う。石でできた小さなブッダ。

部屋の入り口に、「ナーガ」という白い蛇の神様がいた。手の平を広げたような白い石。

ウ「覚えてる？　カンボジアのアンコールワットの入り口にもこれがあったでしょ？」

帆「ああ、あれね!?　あのときもウーちゃんは、『どうも私はこれが気になる』って何回も言ってたもんね」

後ろには、緑の野原に向かって遺跡が広がっていた。ここは好きだな、もう一度来てもいいかも。最後に、横になっているブッダ（亡くなる前のブッダ）を見て遺跡を出る。

そこから車で1、2分のところにある「Wat Na Phra Men」にあるブッダは、ウーちゃんにものすごく縁がある場所らしい。私たちが到着したとたん、空の向こうから黒雲が押し寄せ、あっという間にものすごい風と雨になった。ウーちゃんを歓迎しているのかな。

ここのブッダがこれまでの中で一番きらびやかだった。顔も、それまでのものとはちょっと違う。

「ここでは、なんでも好きなことをお願いしていいんだって」

え？　これまでのところでも、なんでも好きなことをお願いしてきたけど？（笑）

バンコクさんいわく、私たちチームのミッションはここから始まるらしい。

なんだろう、なにが起こるんだろう。なんでもいいけど、ワクワクする。

外に出ると、さっきの黒雲がさらに近づき、風が勢いを増していた。何十本もの旗が風にはためいている。「ここに関係ある人が来ると、必ずこういう天気になるんだ」とバンコクさんが言ったとたん、バタバタバタバタバタバタバタバタバタと、旗の揺れがさらに増した。

隣の小さな建物の中には、2000年以上も前のブッダが残っていた。2000年⁉ このブッダの顔が一番知性的。ブッダに向かって知性的もなにもないけど、やっぱり顔にもいろいろある。

外に出ると、今度はもっと激しく、ゲリラ豪雨のような雨が降り出した。それはもう激しく、強く、すごい雨。ウーちゃん、すごいね～。

バンコクさんのスピリチュアルガイドによれば、ここにいるメンバーは全員、前世でアユタヤかチェンマイで密接に関わっていた仲間同士。バンコクさんと私はお互いにアンバサダー（大使）だったという。

私はスピリチュアルリーダー。たくさんの人をインスパイアする役目があるとのこと。一方、シカゴマンは、ビジネスリーダー。

ウーちゃんいわく、バンコクさんは実はかなりいろいろ見えるみたい。

まあ、見えても見えなくても、バンコクさんのものの捉え方が私は好きだからどっちでもいいけどね。

「次はマレーシアな気がする」

ウーちゃんが言った。

夜ごはんは、「セントラル・エンバシー」というデパートの地下にあるタイ料理の高級デリ「Eathai」で。

ここはいいね〜。とってもきれい。

私は小さなスイカを丸ごとスッパリ切って、そこにカットスイカを入れたスイカジュースとマンゴー。ママさんはそれにプラス、蓮の葉ジュース。

ウーちゃんは、私たちのスイカジュースを味わったあと、同じものをもうひとつ買いに行き、ドリアンのココナツ漬けを2皿食べ、最後にストロベリーラッシーを飲んでいた。合間に2回ほどトイレに行きながら。野生児、ウーちゃん。

ここのデパートには、素敵な洋服がたくさんあった。タイのオリジナルブランドは、日本では見ないようなデザインがたくさんあって、なかなか素敵。滞在中に時間があったらまた来たい。

今、部屋に戻ってメールをチェックしたら面白いことが。
友人からメールがきていて、「いつか一緒にマレーシアに行かない？」だって。
「なんなのよ〜、これは」とママさんとビックリして、みんなにLINEする。
帆「どうしてウーちゃんはマレーシアにピンときたんだろう？」
マ「ガネーシャつながりじゃない？」
帆「え？」
マ「まれーしあ、がねーしあ、よ」

7月3日（日）

朝食を食べながら、ウーちゃんがカードリーディングをしてくれた。

私の近い将来については「marriage」「winter」「own style」というカード。見るだけで納得だな。そして、「子供が生まれた頃から、広がる。子供を産むあたりから、なにかが活発になる。画期的になる」など、子供がキーワードみたい。

「よく、子供が生まれると、子育てに追われちゃって、と言うけど、そうではないのね」

とママさんが聞いていた。私は、子供によって仕事が制限されるというイメージはまったくないんだよね〜。もちろんスピードは遅くなると思うけど、まったく新しいなにかが拓けると思うし、それがすごく楽しみ。子供によって仕事が制限されるなんて考えたこともない……という時点で、それは起こらないんだろうな、と思う。

それから私の彼についても、笑っちゃうほどぴったりのカード。さっそく彼にLINE。

ママさんの質問については、「daughter」「travel」「summer」が出た。その解釈は内緒。

でも、カードの言葉を見るだけでもぴったりだとわかる。

ママさんの別の質問についてもう一度カードを切って引いたら、またまったく同じカードが3枚出た。すごい！

こういう「カード」のようなものって、いつもたいてい自分の感覚のとおりのものが出る。自分の感覚のとおりに進んでいっていいんだ、ということを再確認するために見せられているのかも、と思うくらい。

さて今日は、はじめに、JJマーケットへ。あらゆるものの屋台が立ち並ぶマーケット。サロンで使おうと思う石の彫刻がおさめられた絵を3枚買った。ママさんも、アトリエのインテリアに使える壁画のようなものをいろいろと。う〜ん、マーケットに2時間は少なすぎるよね……もっとゆっくりしたかった。

今日は、Nさんという素朴なタイ人の女性がアテンドしてくれている。髪の毛が短く、男の子みたいなところがママさんに気に入られている。

「ケントさんみたいじゃない？」

たしかに、バリ島でお世話になったケントさんに似ている。

ランチのあと、空港を通りすぎてさらに一時間ほど北にある「ピンクガネーシャ」を見に行く。

ピンク色の大きな大きなガネーシャ。駐車場から、その後ろ姿が見えた……すごい、すごい「はりぼて」感。笑える。ピンクの巨体がドデンと寝っ転がっているこの姿。快楽の神様。たしかになんでもかなえてくれそう。指には大きくて派手なリングがゴロゴロはまり、手には蓮の花と象牙、体のいたるところに金色の飾りをつけている。

「これはハッピーなものの象徴で、ご機嫌なのでなんでもかなえてくれる」

というのを聞いて笑った。そうだろう、そうだろう。この気楽さ、ご機嫌さ、わかりやすい富の豊かさ、すべてを受け入れる寛容さ。

いいね〜！　この世の好きなものを全部自分の近くにおいて、「それを求めてなにがいけない？」と言っているような感じだ。

例によって、お供え物を買って祈った。

「ピンク色のガネーシャが欲しいな、置物とか」ということで、敷地の中をウロウロする。ここは地元の人にとって市場のような、お祭りのような屋台が開かれているようなところらしい。遊園地のような乗り物もある。

突然、ウーちゃんが耳の近くで手を広げ、なにかを聞き取るようにひとつの方向へ歩き出した。こういうときは守護神がガイドしてくれているときだから、私たちはただ黙ってついていくのみ。

そして、見つけました。ピンクのガネーシャを売っているお店。

ママさんとウーちゃんは、ピンク色の手の平サイズのガネーシャを、私はガネーシャの細工がついているゴールドの指輪にピンときた。

何度も指にはめて見ていたら、ママさんも一度はめてすぐに「これ、買うわ」と言っている。私も。チーちゃんに見せたらチーちゃんも買うというので（チーちゃんは絶対に好きだと思った）、これはもう全員で持つべきだ、と思い、こういうものには興味のなさそうなウーちゃんとシカゴマンにも半ば強引に勧めて、みんなで同じものを買う。このチームのサインにしようね。

それから、持ち上げると願いがかなうという金属の象を持ち上げたり、これも「はりぼて感」満載の龍の下をくぐったりして満足、車に戻る。

Nさんも、やっぱりアユタヤにご縁があるんだって。前にサイキックな人にそう言われたんだって。そしてバンコクさんは、かつての人生（前世）でもNさんのボスだったんだって。それはまあ、そうだろうな。

私たちと出会うまでに、Nさんにもなりの面白いストーリーがあったそうで、「みんな、偶然はないいんだね」と微笑みあう。

7月4日（月）

今、帰りの飛行機の中。『フランス組曲』という映画を観ている。

また私の好きな時代の映画だ。第一次大戦と第二次大戦のあいだのファッション。歴史の中に登場する装飾品、贅沢品などの中で「私の好きなもの」は必ずこの時代にある。いつもこの時代のものを見ると心踊る。肌身離さずつける指輪とか、体に沿うワンピース、小さなバッグ、生活を優雅な気持ちにさせてくれる小物など。

今回、アユタヤに行って、前世からのつながりと自分の好きなものはつながっていることがこれまでにないほど腑《ふ》に落ちた。

こうして、やりたい方向が少しずつ見えてくる。

7月5日（火）

朝起きて、ピンクガネーシャのことを思ってワクワクする。

朝早くから、彼にタイの話をたっぷりとする。ピンクガネーシャのお店で買った金の指輪を小指にはめて、ソファに置いてあったオレンジのタオルを体に巻いて寝そべる彼を写真に撮ったら、オレンジガネーシャ！

一ヶ月ほど前から、これまでの仕事部屋を「サロン」と呼ぶことにした。というのは、結婚に向けて新居が別の場所になるので、ここをサロンにしようと思うので。

ソファを隣の部屋へ持って行ったり、ラグチェアーを移動したりキャビネットの場所を移したりして精力的に動いた。

お昼に、高校からの友人Yリンに会う。八年ぶり。

今日までのFacebookでのやりとりだけでも「前と変わったかも（いい意味で）」と思ったけど、それはYリンも同じだったようで、そういうのが大人になった証拠なんだと思う。

最近の話をひととおり聞いたところで、Yリンが、人に「真面目すぎる」と言われている話を聞いた。たとえば、絶対に待ち合わせに遅れられなくて、部屋の時計をすべて10分進めてあるという。それは、すごいね。こういう場合、たいていは進めたことを覚えているから、結局いつもと同じということになりそうだけど、彼女は非凡なのでそうではないらしい。他にもいろいろ、すべてに全力投球しすぎて手を抜けないというすごい話があった。

それを聞いて私は、「起こることはすべてベスト」の話をした。一生懸命準備をして間違いがないように準備するのは、絶対にそっちが正解、だと思っているからだろうけど、自然の流れで違うほうになったときには、実はそっちのほうがいいからそうなっている、ということ……この手の話は私のお得意分野なので、それはもう生き生きと話す。

「ボボリン、まとめるのが上手になったね～」

とか言ってるYリン（笑）。

こんなのが学生時代のいいところ。

ああ、緑がキラキラしているし、風も気持ちがよい。

心にピンクガネーシャを思う。

午後は、出版社と打ち合わせ。今日、はじめてこの人に会うかのような新鮮な気持ちで会う。心にピンクガネーシャを思いながら。
「辛いものが食べたい、タイ料理とかどう？（笑）」なんて言う彼と、夜はインド料理へ行く。前から行きたかったところ。チキンカレーは甘く、マッシュルームカレーはとびきり辛かったので、ご満悦。

7月6日（水）

今日もさわやかな気分。なぜなら、心にピンクガネーシャがいるから！

タイ旅行について。今回も、例によっていろいろと不思議な力のある人たちが同行してくれたけど、前世の話や、リーディング的なことや、すべてをまとめた感想として思うことは、「自分の感覚のとおりに進んでいっていいな」ということ。「あなたはこういう方向に向かうといい」と言われる内容は、いずれこうしていこうと自分でも思っていることだし、今、その芽となる種撒きをしていることばかりだ。

同時に、頭で考えて、本当はたいしてしたくないのに「こうあるべき、こうしないといけない」と思いこんで進もうとしていることは、たいてい「こうなるよ」と言われるメッセージの中に出てこない。

はじめは、今の私が考えていることが相手に見えているのかな、と思っていたけど、頭で考えたこと（本音とは違うこと）を考えているときは言われないから、現在の私を透視しているわけではないんだよね。

7月7日（木）

さて今日から箱根に一泊。「箱根吟遊」に泊まる。

東京からの車の中、私は彼にずっとタイの続きを話していた。

未来でのやりたいことがパーッと浮かぶ。


箱根吟遊の受付からの眺めは素晴らしかった。すぐそこに美しい緑の山の斜面。右を見ても左を見ても青々した木々。近すぎず遠すぎずの山並み。

椅子に座って、ボーッとする。外に続いているテラスにはソファもある。

ふと見ると、そこにガネーシャの置物があった。「ちょっと見て！」と大喜びの私。

お部屋も広かった。露天風呂と、庭の奥へ続く広いデッキがついている。寝そべることのできる天蓋つきのラグチェアー。

館内は純和風というよりちょっとバリ島風。エステへ向かう外の渡り廊下など、足元にバリ島っぽい置物がちらほらある。

エステの半露天風呂もよかった。私は大自然の中の野趣あふれすぎる露天風呂より、これくらいのが好き。つまり、ほどほどに近代的で清潔で、湯船もゴツゴツした岩のようなものではなく普通の四角い石の湯船で、向こう半分くらいから外になるという感じ。

エステのベッドで爆睡。

夕方、女将さんが部屋にいらしてくれた。私の本をずーっと読んでくれている若女将のMさん、快活でパワフル。

夕食前に、バーでお酒を飲んだ。

7月8日（金）

きのうは夜中も部屋の露天風呂に何度も入る。

これが家にあったら、と一瞬思うけれど……そうじゃないよね。

「それは家にバーをつくりたいって言ってつくった人が、結局そこではほとんど飲まないというのと同じだよね」

と言い合う。

箱根神社に寄って帰る。

7月11日（月）
新居を整える毎日。汗だく。
ひと部屋はまるまる洋服の部屋にしようと思っているので、そこのレイアウトが難しい。
来月はリオオリンピックだけど、テレビを見ている限りではあまり盛り上がっていない様子。現地の宿舎や治安の悪さ、デング熱などの影響だよね。

北原照久さんから送られてきたカリントウをポリポリ食べているところへ、Nピーから電話。9月にバリ島に行かないかと言う。彼女の友人たち5、6人で。

ムクムクとものすごく行きたい気持ちが湧いてきたので、「行く！」とその場で返事。

予定はあとから調整しよう。

7月12日（火）

夕方から廣済堂のIさんと会う。

「毎日、ふと思う」の原稿を渡す。

表紙の絵を渡したら、

「ああ、いいですね。このきもかわいいところが」

と言われた。ちょっと気持ち悪いけどかわいい、ということらしい。

「最近のラインスタンプとかも、こういう方向じゃないですか？」

だって。たしかにね。それから、

「今年、面白かったです」

とポソッと感想を言われる。

日記って、毎年同じようなことを書いているつもりなんだけど、読み直すと同じ自分とは思えないほど違っている。今年の自分は今年だけ。毎日、生まれ変わっていると思わなくちや。

入籍を9月にすることにした。年内いつでもよかったのだけど、一般的な「いい日」と、私たちふたりにとっての「いい日」というのを選んだら、9月のその日がベストに思えたので。ちょっとずつレイアウトを変えているサロンも、9月末くらいまでに完成させる予定で進めよう。

タイから戻ってきてまだ一週間だなんて信じられない。タイに行ってから、いろいろと加速した。

7月14日（木）

先日のスパコンの話をより詳しく聞くために、齊藤先生の会社にお邪魔した。

行き、突然のゲリラ豪雨。タクシーを降りる頃にはバケツをひっくり返したよう。

今、中国が国家予算を投じてスパコンと人工知能の研究をしている。あと数年経てば、アメリカも日本も追いつくことはできなくなるかもしれないという。

なにより脅威なのは、中国の場合、人工知能の研究を国家プログラムにすることに対して、国内に反対勢力がないらしい。スパコンによってエネルギーがただになり、暮らしていくのにお金が必要なくなるという、ある方向から見たら「みんな平等の共産主義」と誤解されるような未来が、中国の共産主義政治にはぴったりなのだ。中国のトップたちは、スパコンと人工知能によってもたらされる未来を正しく理解しているので、トップがやる！と決めれば反対勢力もなく、ものすごいパワーで進んでいくよね。

それに比べて日本。まだまだ「スパコンが普及したらロボットに仕事をとられてしまうかも？」というような目先のことにしか理解が及ばず、その先にあるものを理解しようとしない人たちがたくさんいる。その人たちを説得するところから始めなければならないという段階。ようやく国家予算を確保できるようになってきたようだけど、それでも、中国の規模には遠く及ばない。

そんな中、結局なにをすればよいかを、ズバリ聞いた。

すると、「数」だと言う。技術面では、これまで日本が向かってきた方向で今後も間違っていないそうなので大丈夫。でもあの中国の量産に対して、日本が遅れをとっているのは明白。そのためにも、たくさんの人にスパコンと人工知能の正しい理解を広めるという啓蒙が大事とのこと。

結局、私ができることはなにかと聞くと、草の根レベルでそれを広めて欲しい、とのことだった。

わかった!!!

私のまわりの人たち、ファンクラブや読者の人たちは、かなり正しく理解されると思う。もともと、「本当の意味での自由な社会、他者との比較ではなく、魂がワクワクすることをやって成り立つ未来、本当の幸せ」ということに対してきちんとアンテナを立てている人が多く、物事の脅威ではなくよい面を見ようとする姿勢だから。

でも、私を含め、こういう人たちは自己完結しているので、それを理解していない人たちに一生懸命に話して説得する、というようなことをするかと言えば、しないかも……。

それを伝えたら、「それで十分です」ということだった。

「スパコンを応援しましょう！」という人を増やすのではなく、スパコンが普及したあとの世界をすでに生きている人を増やすこと。まわりの反対意見にフォーカスするのではなく、自分の人生に焦点をあてて責任をもって幸せに生きる人、自分がワクワクすることに情熱をもって進んでいく幸せな人を増やすこと、それが目的。そうすれば、日本全体の次元は上がるよね。

素晴らしい！　この研究チームさすが！

高度に発達した人工知能を扱うには、魂が成熟しているレベルの高い人が扱わなければならず（そうじゃないと世界戦争になっちゃう）、それは、ひとりひとりが自分の幸せを追求していく過程で培《つちか》われる。本当の意味での自分の幸せに向き合うことができる人は、他の幸せの邪魔をせず、他人のことを認めた進み方をしていく。

そのあと、生のスパコンを見学した。

前は一部屋全部を埋め尽くすような大きさだったのが、大型冷蔵庫ひとつ分くらいにまで小さくなっていた。ビルの空調機程度の設備で冷却できるという。これなら、一般企業にも入れることができるね。

会社を出て、同行していた男性と未来のことについてアツく話していたら、「帆帆ちゃんって、男の子なんだね」

と言われた。「そういう話にワクワクするんだから」だって。

7月15日（金）

今朝は気だるい。今夜のイベントで浴衣を着るの、ちょっと面倒だなと思い、「浴衣と洋服、どっちがいい？」と彼に聞いたら、「浴衣」と言われたので浴衣になる。

午前中、一生懸命に仕事をする。私はホームページやブログを更新するのがどうしても苦手。自分の活動報告みたいなことに、ほとんど興味がない。5月から先週までの更新を一気にした。午後、実家に浴衣を取りに行ってパパッと着て、パパッとタクシーに。

きのうのような突然の夕立があったり、五十日《ごとうび》だったり金曜だったり夕食の時間だったりもして、道がものすごく混んでいた。

日本橋室町に到着。木村英智さんの「アートアクアリウム」に行く。

このあいだ、たまたま「おじゃMAP!!」でメイキング映像を見たんだけど、金魚がそれぞれの特徴を生かして楽しそうに泳いでいた。花魁《おいらん》の世界を表現したブース、それと対比させた世俗的な金魚のブース、屏風とプロジェクションマッピングを合わせた屏風リウムも面白かった。

個人的には、ビー玉が盛られた水槽に、中くらいのサイズの金魚が一匹で泳いでいる小さな水槽が好きだったな。

木村さんにスパークリングの獺祭《だっさい》をご馳走になった。飲み物を飲みながら見てまわることができるんだって。なにも注意書きをしなくても、金魚にさわる人は誰もいないし、アルコールを水槽に入れる人などもいないらしい。

それは、木村さんの人柄じゃないかな……。お客さんは、そのイベントの中心人物のエネルギーに呼応するから。

7月16日（土）

朝、9時頃、ボーッとしながら今日の予定を考えてみると……楽しくない。

そこで、今日から（半分）仕事で軽井沢に行く彼と、きのうから軽井沢に行っているママさんを思い浮かべてみたら、私も軽井沢に行ったほうが断然楽しそう!!!

仕事は全部持って行けるし、もう一度、東京にいる自分と軽井沢にいる自分を冷静に比べてみたけど、やっぱりどうしても行ったほうがいい気がする……ということで、まずはママさんに電話。

するとすっかり改装が終わって、もう部屋で眠れるようになっているという。

よし！　次に彼に連絡。東名高速の渋滞情報を調べてもらった。

20キロか……。その程度だったらたいしたことないんじゃないかな。新幹線は空いているらしいけど、電車が苦手な私は、新幹線に乗るために東京駅まで行くのがどうしても気が乗らない。というか、今日は車の気分。でもひとりで渋滞を乗り切るのもなんだかなあ、と思っていたら、とっくに新幹線のチケットを買ってあるのに、彼が私と一緒に車で行ってくれることになった。

やったぁ!! ありがとう!! そうと決まれば10分で支度。パパッと出発。

そして今、軽井沢。来てよかった、本当によかった。行きもそんなに混んでいなかったし、彼も時間に間に合ったし。

別荘の改装も終わっていて、すごくよくなっていた。

玄関を開けて、「ワ〜オ」と叫んじゃった。

余計なものをとっぱらったので、広くなって気持ちがいい。壁にあいた新しい窓から緑が三方向に抜けている。これは前にあそこで使っていた窓枠の再利用だな、とか、これが噂のママさんお気に入りのアンティークキャビネットだな、とか、ママさんの工夫や新しい品々を見るのも楽しい。

帆「極楽だね〜」

マ「なに言ってるのよ〜（笑）。さっきまで床一面にものが置いてあって、ずーっと片付けてやっと少し床が見えてきて、ごみもぜ〜んぶ出して綺麗になったぁ、と思ったらあなたが来たのよ〜（笑）。ほんとに10分前くらいよ」

と言っている。

7月17日（日）

野菜とフルーツの朝食を食べて、林の中を散歩して、仕事もする。

7月18日（月）

そうか、連休だったんだ。

お昼すぎに軽井沢から戻り、夕方から、３月に蔵王に行ったメンバーでスイスから来たサイキックさんのところに行く。仮にスイスさんと呼ぼう。きっかけは、蔵王に行ったときに、ひとりが不思議な形の天然石のペンダントをつけていて、

「それ、な～に？」

「これはね、スイス在住のサイキックの人から買ったもので、その人はね……」

というところから始まったのだった。

きのう、みんなのLINEグループに、ひとりから、

「わたし、今、特に悩みなどないのですが、ただ聞いているだけでいいのですよね？」

とLINEがきた。

よかった、私も！　最近の困っていることといえば、タイから戻って以来食欲がとまらないことくらい。

ただ座って聞いていれば、いろいろ話してくれるらしい。

ホテルのロビーで待ち合わせ。部屋にひとりずつ呼ばれて入る。

スイスさんは、芸術的な雰囲気のあるおおらかな物腰の女性だった。

窓際に置いてある真っ赤な透明の天然石が気になる。ゴロンとしていて、手にのるくらいの大きさ。

「どうぞ、さわって」

と言われたので、手に持って光に透かす。

そのままそこにあった椅子に座ったら、そっちがスイスさんの席だというので、慌てて移動。セッションが始まるなり、「特に聞きたいことはないんでしょ？（笑）」と言われる。

まず、「海が好きでしょ？」と聞かれる。好きだけど、それはマリンスポーツをしたいとかそういうことではないんだけど……と思っていたら、「海も山も好きで、自然の中が好きで、ハワイも縁がある」と言われた。私はムー大陸の出身なのでハワイに縁があるらしい。

そうね、それはそのとおり。でも日本人でハワイが好きな人なんてたくさんいるから、これだけではスイスさんの見えているものはよくわからない。

その他ちょっと雑談をして、カードを引くことになった。なにについて知りたい？と言うので、これからやろうと思っている「秘密の宝箱」計画のことを話したら、それについてカードを10枚くらい出してきた。

そして、笑えるほどピッタリのことをいろいろ言われた。一番笑ったのは、私は私の感性でやってよく、「人の意見は聞かなくていい」っていうところ。というか、「聞いちゃダメ」だって。デリケートだから他の人の影響を受けすぎると、ぶれるんだって。

それから、あまりいろいろ決めないで、いきあたりばったりくらいに自分がピンときた方法で決めていいって。

私は意外と真面目だから、きちんと計画を立てないといい加減なような気がいつもしていたんだけど、それでいいって言われて気が楽になった。

7月19日（火）

今日も暑い。地面がゆらゆらしている。

ある国の大使館へ行った。小さな国なので、大使館が集まっているエリアではなく、「へ〜、ここにあるんだあ」という場所にあった。アート系やファッション関係の事務所が並んでいるエリア。簡単なインタビューを受けて終了。

急いで帰って仕事。サロンの改装の続きがなかなかできない。

今回の改装のメインは、リビングの壁一面につける棚。

まずは、リビングにある大型のキャビネットを奥のくつろぎスペースに移動。この移動だけでもひと仕事だ。

上下に分かれる大きなものだし、中はガラス板で正面は鏡なので、慎重に慎重に……。そんなことを、きのうも夜中にほんの少し進めた。


夜から、スタッフTちゃんと打ち合わせ。お店に着いた、ちょっとあとからどしゃ降りの雨。最近、こういうのが本当に多い。

向こうのほうの席に、近所でよく見かける年配の俳優がいた。さらに向こうの席には、7、8年ぶりくらいの男の友達が打ち合わせをしている。目の前を通ったので声をかけたら、

「おお〜、久しぶり〜!!!　ねえねえねぇ、ちょっとここ座っていい〜?」

と、私の隣に座ってずいぶん長いあいだ話しこんでいった（笑）。

いろんなことが、よっぽどたまっていたんだね。

話の内容は、このあいだ私がここに書いたようなこと。「人の噂は信じるに値しない」というもの。

そして、

「人の足を引っ張ったり、力のある人にペコペコばかりして、魂を燃やす仕事をしていない人たちが偉そうにのさばっている会社はもうダメだね」

というようなことを言っていた。彼のいる業界を考えると、私の何十倍もそういうガックリする生の現場を見てきたんだろうなあ、と思う。

そうそう、それから、この人が私の知り合いのグループから疎遠になっていった7、8年前のことを一生懸命説明していた。でも私は当時から彼のことをそんなふうに悪くは見ていなかったので、「全然誤解していなかったよ!?」と伝える。

そういうことって、きっとたくさんあるんだと思う。本人が気にしていたほど、まわりはそんな悪く思っていなかったということ。悪く思っている人はいるとしても、全員がそういうわけではない。なんか最近、この手の話が多い。

7月20日（水）

あぁ……サロンの奥の部屋が、ごっちゃごちゃ。他の部屋の片付けで出たものが押し寄せてきている。ここに入ってくるだけで憂うつになるので、とりあえず、目につくゴチャゴチャしたものをまとめてはじっこに積み上げた。まっすぐに並べるだけで、少しスッキリ。

8月1日から新刊の原稿を書こうっと。


友達に誘われて、今晩は「ディオールナイト」。銀座のディオールかと思って向かっていたら、国会議事堂前あたりで表参道であることが判明。そのままUターンしてもらう。タクシーを降りる前でよかった。

ドレスコードは白。いつか着ようと思っていたワンピースの出番だ！　いろんなサングラスをかけて楽しむ。

7月21日（木）

友人たちみんなが、彼の誕生日会をしてくれた。7月に誕生日のもうひとりの友人も一緒。大好きなふたりが一緒にお祝いなんてうれしいね。赤坂の和食。前回C姉さんに連れていってもらって気に入ったところ。

7月24日（日）

この2日間はホホトモ日光ツアーだった。

日光金谷ホテルに泊まり、日光東照宮と日光二荒山神社に参拝した。

東照宮は、家康の納骨堂の近くに隠れたパワースポットがあり、昨年そこにお参りしたときにお願いしたことがすごいスピードでかなったので、そこをホホトモさんにご紹介したかった。

日光二荒山神社での香取権禰宜のお話には、「すべてに偶然はない」というこの世の神秘を感じたし、自由時間にホホトモさんたちと入ったコーヒーショップでの会話には、いろいろビックリさせられた。奇跡って、簡単に起こるね。前回来てものすごく気に入った「明治の館」も相変わらず期待を裏切らなかったし、最後、解散後にホホトモさんたちが言ってくれたことは、「秘密の宝箱」計画に絡むことで驚いた。ふむふむ。

ホホトモツアーに行くと、いつも「今を生きている」という感じがする。2日間があっという間だけれどみっちりで、時間が伸び縮み。

7月25日（月）

学生時代の友達に会う。ひとりは同級生、ひとりは後輩。

後輩ちゃんは今4歳の男の子のママ。同級生は来月生まれるらしい。

結婚のことを伝えたら、ものすごく喜んでくれた。

……そうか、結婚とは、そういうものか……というくらい。

夕方から滝川クリステルに会う。今日は友達に会う日だなあ。彼女と会うのはいつもどちらかの家だったんだけど、彼女が引っ越したので新居へ。

家に対して感覚が合う私たち。まったく彼女らしい住まいだったので「いいね〜！」と思う。夕方の時間、まったりダラダラとおしゃべり。恋愛の話、仕事の話、まあいろいろと。

7月27日（水）

仕事でセドナに行くことになった。楽しみ！

セドナの本。他にハワイ島など、いくつか候補地を提案されたけど、セドナは行ったことがなかったので、迷わずここに。

「え？　浅見さん、はじめてですか？　世界三大パワースポットだから、とっくに行ったことあると思ってました」

と言われた。こういうこと、たまに言われるんだけど、そのたびに不思議な気持ちになる。私は「スピリチュアルなことが好き」という感覚になったことはないから。

スピリチュアルって、今はまだそうやって分類されているだけで生きることの延長線。パワースポットだから行くのではなく、そこが好きだから行くというだけで、そこがたまたまパワースポットであれば、ああ、そうなんだ、というだけ。パワースポットに詳しいということもないし、スピリチュアルに詳しいこともない。

冬の前に行きたいな。

「毎日、ふと思う」の最後の作業と、メルマガのまぐまぐと、スマホサイトの更新をして、夕方、時間ギリギリで東京文化会館に向かう。

今日はバレエを観に行く。なにもこんな忙しいときに、という合間をぬって。

しかも遅れそうになってギリギリ。上野の公共駐車場に車を停めてから会館までダッシュ。こんなに猛ダッシュしたのは何年振りだろう。髪の毛を振り乱して走って、開演ちょうどの時間にたどり着く。

当然ながら、チーちゃんはもう席についていた。

始まってから気付いたのだけど、このバレエ、すごいんじゃないかな？　パンフレットをよく見てみると、世界の有名なプリンシパルが集まるオールスターのバレエ・ガラだった

……納得。演目の決まっている公演ではなく、有名な話の有名な踊りの部分だけを披露する

という贅沢な内容。出てくるダンサーたちが普通じゃない。

あの白人の足の長さ、スタイルのよさ。ただのジャンプも宙を舞うように感じ、男性に向かってジャンプするときも妖精のよう。

やっぱり、自分の彼女があんなに可憐でふわふわしていたらうれしいだろうな、とか思う。中でも圧倒的に背が高く、スタイル抜群のダンサーに目が釘付け。たぶんこの中で、一番背が低くてムチっとしているダンサーでも、日本の普通のダンサーよりは背が高いだろう。

途中の休憩時間に、チーちゃんとため息をつく。

「やっぱりさあ、これは絶対的に西洋人のためのものだよね」

「……残念ながらね。だって遠目に見ても鼻が高いってわかるし！（笑）あの足の長さ！」

「絶対に勝てないよね……勝負しようと思ってないけどさ」

「覚えてる？　タイで聞いたこと。世界中で一番残念なスタイルの国民は日本人というあれ」

「……とほほだね」

後半はオペラグラスを借りた。

近くで観ると、ダンサーたちは予想以上に筋肉の塊……これは彼女にはしなくていいな、とか思う。

後半はモダンバレエの要素も入っていた。これまで、モダンはあまり好きではなかったのだけど、前半に目が釘付けになったあのダンサーがモダンバレエを踊ると、すっごく素敵、目が吸い寄せられる。ここを引っ張るとこの筋肉が動き、この筋が動く、というような体のことを隅々まで理解しているような体の動かし方。半分裸のような格好なのに、少しもいやらしくない造形美。

素敵なものを観ると、テンションが上がる。私は舞台ものの中ではバレエが一番好き。

7月28日（木）

仕事のあと、軽井沢へ。ひとりで車で行くのは久しぶり。

少々飛ばしたので、2時間ちょっとで到着。ツルヤで、先に行っているママさんのために食料を調達。

家は、また先週より少し綺麗になっていた。

アンティークのチェストの上に、アールデコな雰囲気の女性がついた陶器のスタンドが置いてあった。

ちょっとずつ、ビシッと決まった空間が増えている。

「あなた、やっぱり集中して早く仕事部屋を綺麗にしなさい!?」

とママさんに言われた。

そうだよね……仕事の合間にちょっとずつやればいいと思っていたけど、それだといつまで経っても完成しないし落ちつかない。よし、8月はじめの3日間で集中してやろう。

ここに置くかもしれないビリヤード台を検討した。工事の人たちが置いていってくれた資料をじっくり見る。

ビリヤードはプレーをするスペースがテーブルの四方にたっぷり必要なので、一番大きなものから2、3番目くらいのサイズのものになりそう。紐《ひも》を実際のテーブルサイズの長さに切って、床に貼ってみた。

7月29日（金）

軽井沢に来ると、じんわりと体が溶ける。

緑の力って、あるよね～。

きのうもずっとワクワクした気分で、屋根裏に置いてある懐かしい本なんか読んじゃって、全然仕事をしなかった。

明日と明後日がホホトモロイヤルパール会員の人たちと清里にお泊まり会なので、今日中にいくつか原稿を書かなくちゃいけないのだけど、まだ波がこない。


午後、清里へ向かう。

ナビでは1時間50分と出てるけど、もっと近そう。このナビ、どうしてこんなに慎重に慎重を重ねた時間設定なんだろう。いつも、はじめの予想到着事時刻より45分ほど早く着く。

まったく知らない遠くの場所に、まったく知らない道をドライブするのって結構楽しい。

ひとりでどこまでも進めそう。

妙に美しい途中の農村風景とか、見慣れない地名ばかりの道路標識とか。

地方の車のこののんびりしたスピード……。途中、またバケツをひっくり返したような夕立があった。

そのあとにパーッと晴れて、緑がきれい。


6時頃に、清里のBちゃんの別荘について、すぐに清里のフィールドバレエを観に行った。去年よりずっと暖かい。

今年の演目は「シンデレラ」。お話がわかるので、Bちゃんも一緒に行くという。Bちゃんはこういうものにまったく興味がないので、去年も、私たちの夕食をつくりながら家でひとりで待っていたのだった。

途中、雨で舞台が一時中断。レインコートを着てジーッと待っていたら再開した。再開するとき、舞台についた水滴を一生懸命雑巾がけする人たちが、ラインダンスみたいで面白く、写真に撮る。

7月30日（土）

ホホトモロイヤルパールのみなさまとの一日、よかった。

ちょっとお酒が入ってくるあたりがいい、みんなの本音が聞けて。

みんなが語り合うのをボーッと聞いているだけでも心地よかった。

7月31日（日）

よく寝たぁ。窓を開けると森のにおい。

きのう寝る前に、Bちゃんと、一緒に泊まっているコニーちゃんと3人で深夜のテレビショッピングを興味深く見た。コニーちゃんは結構好きでよく見るんだって。左に出ているどんどん上がっていく数字は、今売れている数を表しているんだって。

帰ってきました。

さて、明日からサロンの改装を始めるので、それに備えてリビングにあるキャビネットを隣の部屋に移動させる。

この重〜いキャビネットをふたりで動かすには、まず、中に飾ってあるものを出し、下に布を挟んでひきずるのが一番だろう……。

でも、布を挟むだけで一苦労だ。全体を少し手前に引きだし、壁に斜めにもたせかけ、手前のできた隙間にササッとフリース素材の大きな毛布を挟む。

そしてズズズズズとちょっとずつ押しながら、隣の部屋に移動した。床は石なので、押すのは簡単。

隣の部屋との区切りがガラス張りになっているところがあるので、そこを通るのが恐かったけど、やっとの思いで移動させる。

8月1日（月）

この数ヶ月、毎日夜になるとベッドに沈みこむようにして寝ている。寝る前に観ている映画があるんだけど、それが5分も先に進まない。

「いいことだよ、毎日充実してるんだよ」

と彼。ほんとほんと、前は昼寝をする時間があったなんて信じられない。


よし、今日から3日間で、サロンを改装する。

東急ハンズに、壁にとりつける棚の部品や電動ドリルなどを買いに行った。

ハンズの店員さんたちの親切なこと、要領のよいこと、気がきくことといったら本当に感心する。

コンクリートにネジを入れるには、まず、壁に受けとなる枠のようなものを入れて、そこにネジを差しこむという順番らしい。もうすべておまかせしようという気持ちで、言われたとおりのネジや工具を買った。

電動ドリルは、普通にネジを締めたり木や石膏ボードに穴を開けるものは実家にあるのだけど、コンクリートに穴を開けるのはなかったので買う。

東急本店の地下でお昼を買って帰る。


きのう動かしたキャビネットの中に、ものを厳選して飾る。厳選したら、本当に飾りたいものははじめに入れてあった量の半分以下になった。茶道の茶碗や棗《なつめ》、伊万里のツボや絵皿など。あとは珍しいベネチアングラスね。

ティーカップセットなどは、どんなに珍しいものでも、もう旬ではない気がするので、しまう。テニスカップと呼ばれていたテニスを鑑賞しながら楽しむためのティーセットや、エッグシェルカップ（薄くて向こう側が透けるくらいのティーセット）だけは気に入っているので飾ろうかな。それからこの大量のスージークーパーも、かなり子供っぽいのでしまう。

「あなた、見飽きちゃってるのよ」

とママさん。そうかもね。

これだけディナーセットがそろっているんだから、一応出しておこうかな。でもなあ……

そうか、結婚したら使いましょう。デミタスカップやティーカップやケーキ皿なども入れると相当な量。

飾らないことになったものを収納するために、収納棚のほうも片付けなくちゃ。茶器やツボやガラス製品など、割れものがほとんどなので、新居に持っていったり実家に戻したりしなくちゃ。おお、大変そう、ブルッと震えが。

お昼を食べたら、もう体力的にグッタリ。今から、この壁全体に電動ドリルで穴を開けるなんて……と気分が落ちてきたので、穴は、明日彼に開けてもらうことにして、どの位置に棚をつけるかという印を壁につけたところで今日は終了。

実は、こういう下準備こそ一番時間がかかる。そして、下準備こそ大事。これによって出来が違ってくる。

8月2日（火）

午前中、彼がドリルで穴を開けてくれた。

おぅ……結構簡単に開くものだな。その穴に、太いマイナスドライバーを突っこんで入り口を広げ、受けになるビスをねじ込む。そこにネジを入れて、電動ドリルでガガガガッと。

棚の左右の高さがずれないように測ったり、全体のバランスを見たりするので、ひとつの棚をつけるのにもなかなか時間がかかる。

「工事の人って、すごいよね。サササッとつけるもんね」

「でも、それのプロだからね……」

「そうだよね、そこと比べちゃいけないよね」

と言いながら、いろいろ考えて、だんだん私たちも要領よくなってきた。

棚を壁にあてる、穴を開けるところにエンピツで印をつける、印が床から同じ高さになっているかを測る、ドリルで穴を開ける、穴をこじ開ける、ビスを入れる、そのあいだにもうひとりはドリルのパーツを付け替える、ネジをドリルで締める、ふたりとも無言で進める。必要な工具をパパッと手際よく渡すのにもセンスが問われる。

たまに、コンクリートの中に硬い部分があるようで、ドリルの歯が半分しか入っていかないところがあった。

そこで受けのビスをペンチで半分ほどにカットし、工具箱から小さいネジを探して入れた。考えればなんとかなるものだ。

今、ここにはママさんのアトリエの工具がきているので、なかなかのものがそろっている。いろんなサイズのペンチやドライバー、あらゆる種類のネジ、ネジ穴を埋める塗料、ボンド類、その他、「さすがにこれはないだろう（買いに行かないとダメかな）」というような工具も、探せばだいたい見つかる。

「よく、こんなの持ってるね」

とビックリしている彼。

うん、ママさんはこういうことが好きだからね。さすがに軽井沢でチェーンソーを持ち出したときはパパさんも心配してたけど。心配したからといってとめることはなかった……それは、とめても無駄だから（笑）。

半分ほど棚をつけたところで彼は仕事で出かけたので、私は片付けの続き。

今、サロンのリビングの床は黒の大理石なんだけど、私はやっぱり白い絨毯を敷きつめているスタイルが好きなので、絨毯を敷きつめようかと思っている。

8月3日（水）

午前中、残りの棚をつけてもらった。

さっそく本を並べたけど……なんか、違う気がするなあ……。途中、仕事で抜けたときも、部屋のことを考える。

今日も暑い。帰り道を歩いているだけでグッタリ。もう6時すぎ。

夜は家で。

8月4日（木）

午前中、ママさんが来る。

リビングの棚と本を見て、

「……いいんだけど……なんだかこの棚の飾り方、ノペーッとしているわよね〜」
「わかる……なんかイマイチだよね。よし決まった！というふうになっていないよね」
「なにが原因かしらね〜」
と、ふたりで考えること20分。
帆「ねえ、やっぱりあのキャビネットはこの壁の中央に置くべきじゃない？　あれがこの壁の正面に置かれていたら、さまになるもの」
マ「……うん、わかる、あれは雰囲気があるから、やっぱりここに置くべきね」
帆「それで、この棚は向こうの部屋につけるの」
マ「うんうん……いいかも、やっと気が乗ってきたわ。あなたの本を並べるとどうしても仕事部屋になっちゃって、サロンの雰囲気にならないのよね」
帆「そうだよね！　サロンはこっち、仕事コーナーは向こう、ということで！」
マ「いいわ、そうしよう！　動かそう」
帆「ひゃあああああ、さっきやっと棚を全部つけたのにもう外すなんて〜、ウケる〜。しかも、あのキャビネット、もんのすごく重いんだよ〜」
マ「知ってるわよ。前、家で動かしたことあるもの」
帆「彼、びっくりするだろうね〜。あれ？　ボクの功績は？って（笑）」
マ「でも、やろう。」
ということで、まずは棚をドリルでガガガガガガと外す。

棚をとったあとの壁には、信じられないほどの数の穴ぼこ（笑）。

「バカみたいね～（笑）」

「ほんと～（笑）」

笑える。

「あら、でもこういうことを何度も繰り返して方向性が決まっていくのよ。洋服のデザインもそうじゃない？　何度も試着して、うまくいかないと全部やり直して、を何度も繰り返すじゃない？」

あの重～いキャビネット。まずは下に毛布を挟むために少し壁から手前に引き出す……と、ママさんがグッと力を入れたら、簡単に動いた。

「え？　なに？　すごくない？　どうやったの？」

「力の入れ方とコツなのよ～、どこに力を入れたら動くか、考えなさい」

出た、この「よく考えればわかるわよ～、人間がつくっているものなんだから」は、昔からよく登場するセリフ。やみくもにするのではなく、同じ人間がやっていることなんだから、仕組みをよく考えればわかる、というもの。

このあいだからしたら信じられないほどスムーズに移動させた。中のガラス板を外して納めるのも、本当に早かった。

「普通の女子にはできないよね」

「できないできない！　これを動かすために人を呼んで、とか、そういう時間がもったいない。今すぐやりたいんだもの」

なんてお互いを讃えながら、戻ってきたキャビネットの中をもう一度飾りつける。

「うん、いい!!! やっぱりこの棚はここしかないわ、テンション上がってきた」

ちょっと休憩してから、今度は隣の部屋に棚を付けた。

穴を開けてビスを入れて、というあの作業をもう一度ふたりで全部……。

夕方、ママさんは帰り、

「今、帰ってきた、どんな感じ?」

と彼から連絡があったので、

「びっくりするから、ちょっとサロンに来て~(笑)」

と彼を呼び寄せる。

「あら? あららららら? どしたの? ボクの功績はあとかたもないけど」

奥の部屋にふたりで棚を付け替えていたのにはびっくりしていた。

ほんと、よくやった。

ごはんを食べに行って、夜の11時まで片付けの続き。

最後のほうは、さすがにすごい状態になっていたみたいで、

「帆帆ちゃん! (笑) もう今日はここまでにしたほうがいいよ」

と言われ、重い体を引きずって帰る。

8月5日（金）

今日も暑く、幸せな夏の始まり。

「まぐまぐ」の2回目を書く。まぐまぐ、私に合っているような気がする。自由に、なんでも、細かく、長さやスタイルを気にせず書けるから。

午後、軽井沢へ。

涼しい！　天国！　家の中は、またさらに前より綺麗になっていた。ちょっとずつ進化する軽井沢とサロンと新居。

新居のほうはなんとなく仮住まい、という感覚があるので、まだ本格的にはなにもしていない。荷物がおさまっている、というだけ。

アンティークの飾り棚の上に、家族の写真が上手にコラージュされて額におさまっている。

マ「これね、つくるの結構難しいのよ」

帆「わかる、センスよく並べるのがね。私もパソコンでアレンジすると、たった1ページにすごい時間かかったりしてるもん」

マ「でも、一番好きで気が乗るところから始めたかったから」

フフフ。

職人さんにつくってもらったという食器棚があった。

ああ、オーブンの代わりにつくってもらったというアレね。

今回の改装をしてくれた職人軍団、「ママと愉快な仲間たち」……代表の建築家にママさんは何度も「オーブンに電子レンジがついているキッチン」と伝えてあり、建築家も現場の職人さんに何度も確認したはずなのに、完成してみたら電子レンジのついていないオーブンが入ってしまっていた。

職人さんに聞くと、「そういうのがなかったから」だと言う。

なかったら、それがあるまで見つけるか、一度こちらに相談するものだよね？　それを、なかったから代わりのものですまそうとするという……。こういうトホホなことって、現場の人とやりとりしているとたまにある。「それなら相談してくれよ！　勝手に判断して進めないでくれ！」ということ。何年か前、介護施設の内装をやったときも、そういうことがよくあった。

「中国人と仕事しているとそんなことだらけだよ」

と友達が言ってた。発注した素材とまったく違う色のものが使われているので確認したら、

「ダイジョブ、こっちの素材のほうが高級だから」

とか言われたらしい……ッチーン。

今からキッチンを全部取り替えると時間がかかるので、代わりに……ということでつくってもらった棚だ。それが予想外に重宝しているという……。

そういうところ、ママって切り替えが早い。私だったらいつまでもブツブツ言いそう。

夕食はお刺身をメインに、好きなものいろいろ。

8月6日（土）

今日からリオ五輪。今年は事前の現地情報がひどかったから、あまり期待していないけど、開会式は一応見る。

制服が興味深い。

「アフリカ系のあのカラフルな衣装って、ああいう肌の色だからこそ似合うわよね～」

「アジアの国って、どうしてこういうセンスなんだろう。特に中国や台湾、それに日本も……」

「それでも、まだ昔よりマシになったのよ」

とか勝手なことを言いながら。

同じアジアでも、カンボジアは民族衣装をイメージさせてなかなかよかった。素敵だった国は、アメリカとエストニア。やっぱり紺と白の組み合わせは永遠。

「私たち、この系統が好きよね～」

「見て～。アメリカはラルフローレンのデザインだよ。馬がついてる。なるほど～」


さてと、午後はC姉さんを家まで迎えに行き、友人Y邸のバーベキューへ。ちょっと道に迷いながら到着。

噂どおりのすごいお宅だった。ガラス張りの建物が空中に浮いている。テラスも、バーベキューのためにつくられたようなテラス。中に50人くらいは座れるんじゃないかな。向こうに見えるのはゲストハウスだって。そこもガラス張りで空中に浮いていた。

お料理が、美味しそうなものばかりの選りすぐりだった。お肉は牛の美味しい部位だけ、お寿司だったら、トロとウニといくらのみ、という具合（笑）。お寿司でサービスしていた人がとても手際がよいので、「お寿司屋さんのようにお上手ですね～」と言ったら、お寿司屋さんだった。

ぐるりと見まわすといろんな人がいる。うす～く接点のある人、昔、何回か会ったことのある人、パーティー好きな人たち、ぎょっとするような不思議なカップルまで（笑）。

お腹がおさまってから、C姉さんと家の中を見せてもらう。ピラミッドのように、家の中の外壁についているスロープをまわりながら上がっていくと、上の階にたどり着けるという構造の家だった。2階?というのか3階なのか、家の真ん中あたりの階にある広いオープンスペースのキッチンがよかった。家の人たちがくつろいでいる。外をのぞくと下のテントがよく見える。一番上が寝室だった。
林の中にあるジャグジーで足をつけて話す。

8月9日（火）

きのう東京に戻ってきたけど、すごい暑さ。
熱波の日だって。熱波……。

きのうは旧知のK社長に誘っていただき、ダミアーニの銀座タワー一周年のパーティーに行ってきた。

8月10日（水）

朝はハワイのようにさわやか。
31度なのに、ちょっと涼しいとか思っちゃう。熱帯化している。

8月12日（金）

毎日、自分の気持ちをよい状態に維持すること、それに専念するべきだな、と思う。そうすれば、すべてにおいてパフォーマンスが上がる。気持ちのよい状態になるような考え方、物事の捉え方、それには工夫が必要なときもあるけど、毎日していると癖になって習慣にできる。

映画『シン・ゴジラ』を観に行った。まあまあ。石原さとみの役柄には無理があった。目の前のゴジラにミサイルを発射するまでに、現場ではものすごく時間がかかっていることが興味深かった。政府の高官だとか、議会の誰々とか、たっくさんの人の承認を経て、ようやく発射ボタンを構えている隊員に「発射！」という命令がいく。政府や国の組織の限界を皮肉的に扱っている部分もある映画だった。

8月14日（日）

オリンピックを見ていたら運動したくなり、手近なところで朝ウォーキングへ。この家はこうだね、とか、あのお店は玄関のこの部分が好き、とか勝手な批評をしながら歩くのはとても楽しい。私は超早歩き、彼は超ゆっくりジョギングで。

熱帯化している東京の朝はまさにハワイ。このさわやかさ。

ハワイアンを聴きながら歩き、スタバに寄り、ビーチサンダルでペタペタ帰ると、さらにハワイ。スコールみたいな雨も降るようになったし、完全に熱帯化。

久しぶりにグルテンたっぷりのパンを食べたら眠くなり、ちょっとお昼寝するつもりが2時間半も寝てしまった。これがグルテンの怖いところ。この倦怠感と眠気……やっぱりまた当分やめようと思う。

8月15日（月）

今日こそ新刊を進めたいと思いつつ、朝起きて別の仕事をしていたら、なんとなく書けなさそうな雰囲気になってきた、気持ちが。

こういうときは、やる気の糸口を探すためにテンションの上がることをしなくちゃ。

このあいだの片付けで出てきた『キングダム』を読む。これを読むと、「大志のために私もやったる！」という気持ちになるのだ。

それを聞いた彼が「男だね（笑）」と一言。たしかに……。

私が読みたいと言ったら、全巻買ってきてくれた彼は、私が勧めても一冊も読まない。

「そんなの読んでたら、仕事ができなくなる」だって。

それも一理、ある。


夕食はお豆腐のハンバーグと野菜のココット煮込みと冷奴、しじみのお味噌汁など。久しぶりに酵素玄米を炊いたので、ごはんが美味しい。

8月16日（火）

朝、彼と近くのカフェへ。ここは完全に私のパワースポット。

午前中は仕事。お昼頃、今度はママさんとまた同じカフェへ車で行く。ハワイアンのCDが前から欲しいと言っていたので、視聴して、同じものをアマゾンで注文してあげた。

外の席で話していたら、急にスコール。慌てて車に戻ったら、中に入ったとたん、土砂降り、危機一髪。こんな雨、ますますハワイだ。

最近髪の毛をアップにし出したママさん。まだ短いので、このあいだまで結んだ先がデイジーみたいだったけど、少し伸びてマーガレットになっていた。

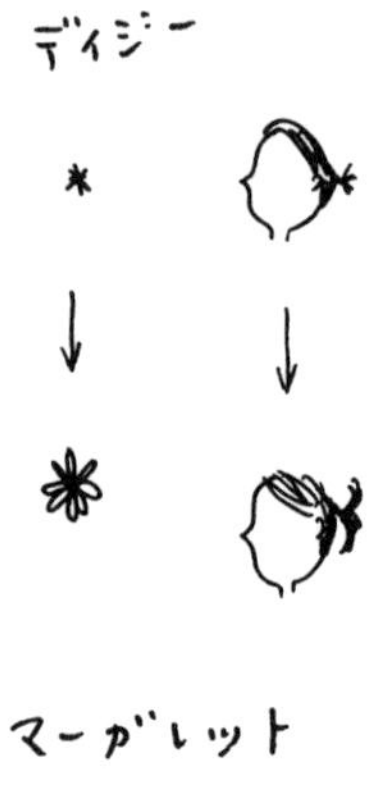

夜は、チンジャオロースと、キュウリとミョウガのサラダと、ポテトサラダなどの軽いメニュー。

彼が、とにかく夜は野菜中心メニューが希望だそうなので、申し訳ないほどの簡素メニュー。でも、本当に粗食がうれしいときってあるよね。会食ばかりで、今日だけ唯一の粗食にできるという日。

8月18日（木）

オリンピック、卓球の男子団体が銀だなんて！　女子も、愛ちゃんは残念がっていたけど、銅でも十分にすごいと思うよ。

午後は仕事して、夜は泳ぎに行く。

オリンピックの競泳を思い出し、〝私もあれくらいは泳げそう〟なんて思いながらいたけど、すごい勘違い……。慣れるまでのはじめの数本は、25メートルの最後のほうで苦しくて死ぬかと思った。ライトアップされた東京タワーがきれい。

バーで、サラダとナチョスを食べる。テレビではオリンピックとCNNが同時に流れている。片方では今日のオリンピックの速報、片方ではシリアの内戦に直面している子供の映像。血を流して埃まみれでひとりでベンチに座っている子供の映像……はじめ、お人形かと思ったくらい……。その隣ではオリンピック、この落差……これが世界だとは思うけれど、いたたまれない。

アメリカンサイズのニューヨークチーズケーキ。ブルーベリーソースと生クリーム添えを食べる。

8月19日（金）

今日もオリンピックを見ている。

吉田沙保里さん、残念だった〜。他の人がみんな金をとっていたから余計にね。

「取り返しのつかないことになってしまって……」なんて言っていたけど、大丈夫！　もう十分に頑張っていると日本中の人が知ってるよ。

それにしても、ここで金がとれなかったということも含めて、スターだよね。人々の記憶に残り、話題性がある。

そしてバドミントンの金にも泣けた。すごい逆転劇だった。そして男子400メートルリレー。陸上で日本が一位なんてこれまで見たことない。確実に、日本の体格、体力、技術が進化している。

一方、私は背中全体が筋肉痛。あんな水泳程度で。

午後から軽井沢に行くので、午前中はバッタバタ。

まぐまぐの原稿を書いて、ずっと伸ばし伸ばしになっていた書類などに記入する作業をして、ベランダの植木に水をあげ、ようやく軽井沢の荷物をつくる。こうやって時間の締め切りがあると、いつもの倍のスピードで雑用が片付く。
なぜ、これが暇な日にできないのか……。

8月20日（土）

軽井沢はひんやり。外はしとしと雨。400メートルリレーを見る。日本、すごいじゃん!!!

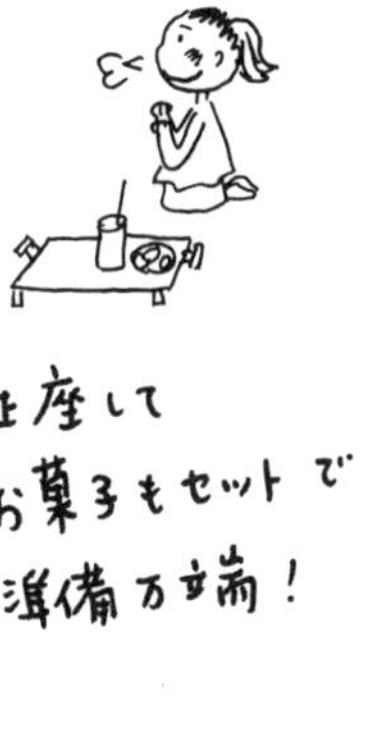

日本が陸上でメダルをとるだなんて、そんなことが！
しかもこの容姿。みんなどんどんカッコよくなってる。録画を何度も見る。
少し日が出てきたので、着替えて彼と散歩へ。

10分くらい歩いたら、またしとしとしてきたけれど、

「たぶん、これ以上は強くならないんじゃない？」

「そうだよね、折りたたみ傘も持っているし、林の中だったら降っても感じないもんね」

と言いながら進んだけど、間違っていた。台風がきているんだった。

こんなに雨なのに、軽井沢銀座にはすごくたくさんの人がいて驚いた。天皇皇后両陛下が

テニスコートにいらっしゃるそうで、その前にも人だかりができている。運動のために40分ほど歩いて、片方の肩をビショビショにしながら頑張ってパンを買い、家にたどり着き、お風呂に入る。

ああ～、極楽～。

十分にあったまってから、パンを食べてちょっと眠くなる……。

「ほらね、軽井沢にいると、ホントに散歩とお風呂と食事で一日が終わりそうでしょ？（笑）」

「そだね」

夜は、ドライカレーと、オクラとアスパラとミョウガのたっぷりサラダと、オイルサーディン。それから延々とトランプ。

『プラダを着た悪魔』を観ながら。

8月21日（日）

晴れた。緑がキラキラ。

トマトとチンゲンサイのサラダ、野菜がたくさん入った大きなオムレツ、厚切りベーコンを食べて、歩く準備。

別荘地の奥のほう、昔、よくひとりで歩いていたあのコースに、ぜひとも彼を連れて行きたい、と思って向かったのに、最初に進んだ道は、かなり先のほうまで行ってから間違っていたことがわかって引き返す。

次に進んだ道は、はじめは「そうそう、こういう感じだった」なんて言っていたのに、途中の分かれ道でまた間違ったほうへ進んでしまったみたいで、また「こんなところ、通ったことない（汗）」という状態になった。

それでも、グーグルマップを見ながら強引に進んだら、道はどんどん険しくなって、かなり上のほうまで来てから、「ここから先は関係者以外立ち入り禁止」という看板にあたってしまい、また引き返す。

おっかしいな〜。小さいときみたいだ。よくあったよね。子供同士でいつも行っていた秘密の道とか場所に大人を案内すると、どうしても着けないこと。トトロみたいなこと。

結局、いつも歩いている道に戻って、いつも歩いていた坂道を上って最後の滝のところに出た。滝の近くまで降りて、涼む。

数年前、ひとりで歩いていたときは、この道を歩いても全然平気だったのに、今日はかなりキツかった。体力が落ちている……。

帰ってから、軽井沢在住のアーティストのお宅へ。

5つの寝室があるこだわりのご自宅、アトリエ付き。芝生がゴルフ場のようによく茂っている。東京から来ている人や、別荘族や、地元の人たちなど、みんな一緒に。

お嬢さんのNちゃん（6才）が、ものすごくかわいかった。思わず、目で追っちゃう。
お店屋さんごっこが始まった。
N「なになさいますか?」（と、メニューを持ってくる）
帆「それじゃあ、トマトとモッツァレラッチーズ（前のテーブルに出ていたから）をお願いします」
N「あぁ……残念ながら、それはちょっと今日はないんです～」
帆「なにがオススメですか？（笑）」
N「え～と、キャラメルコーンと、ブドウとオレンジです～」
彼「じゃあ、キャラメルコーンとブドウをお願いします」
N「……何個ですか?」
彼「キャラメルコーンを3つと、ブドウをふたつお願いします」
N「あぁ～、ブドウはひとつしかないんです～」
彼「そこをなんとか、ふたつお願いします～」
N「ごめんなさい～。ダメなんです～」
帆「じゃあ、キャラメルコーン3つとブドウをひとつお願いします」
N「かしこまりました、少々お待ちください」
という具合。
この「ああ～、それはないんです～」と言うときの様子が、眉間にしわを寄せて身をよじらせ、本当に「残念です〜」という感じで言うのがかわいいのだ。

Dさんの奥様のNさんと話しこむ。精神的に深い部分の話や読んでいる本、好きなもの、さらに前世の話まで似ているところが笑えた。彼女もエジプトと中国にご縁があるんだって。

それに、同い年だった。

軽井沢在住のFさんとも一緒に、遅くまで話しこむ。

なに？
どした？
女子大盛り上がり
それをのぞく男性陣
でも不思議と
1人でも
ここに男性が入ると
こうはならないのよね…

8月から9月　サロン改造中

棚をつけているところ
（上：before 下：after）

少しできてきた

井沢、ママさんのお気に入りコーナー

8／21　やっとたどり着いた滝

8／18

10／7

8／28　これ！パルテノン神殿のドレス

7／7　山までの距離感もよかった

ウォーキング中。
庭に置きたいような石

7／15　アートアクアリウム

バリ。私たちだけのプール♪

AMIRIのニューライン

9／12　みんながヨガのあいだに散歩

9/24 大阪講演

11/14 新刊につけるダイジョーブタのポストカード描き中

11/1

11／15　東京駅を上から

朝からパンケーキとか、

この時期、いつも脂っこいものを
食べていないと気持ちが悪かった

パスタとか、

クラブハウスサンドとか、

お赤飯とか、

お肉とか、

ラーメンとか、

ヘルシーな和食でも量が必要（汗）

世界三大パワースポットのひとつ、セドナ

（詳しくは『セドナで見つけたすべての答え　運命の正体』へ）

クリスマスいろいろ

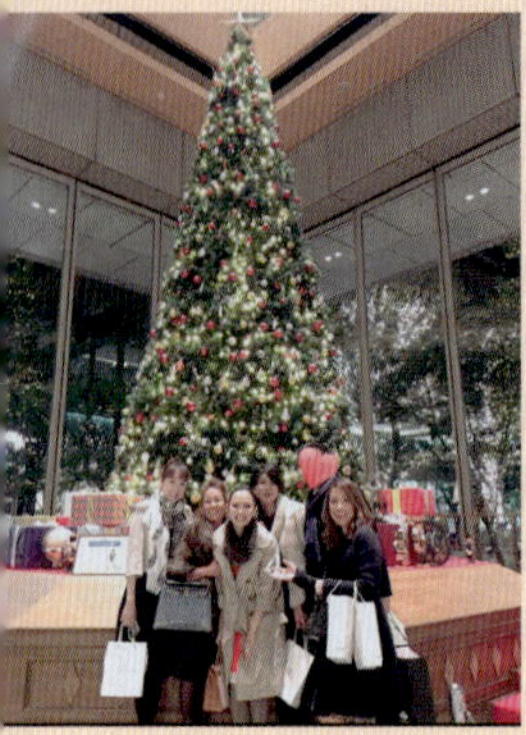

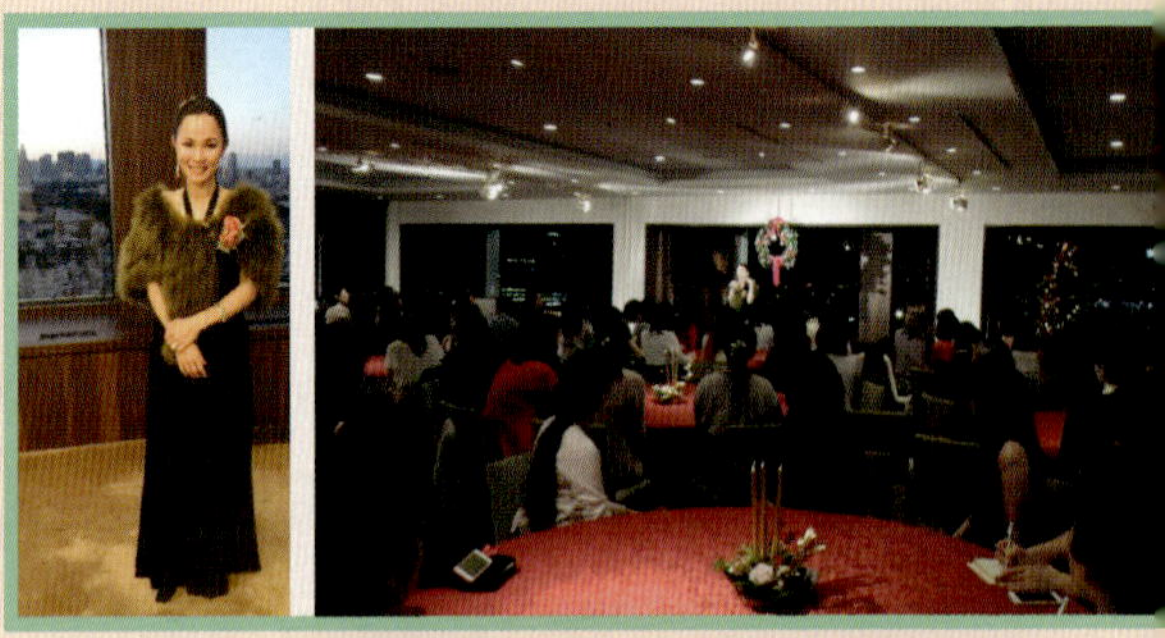

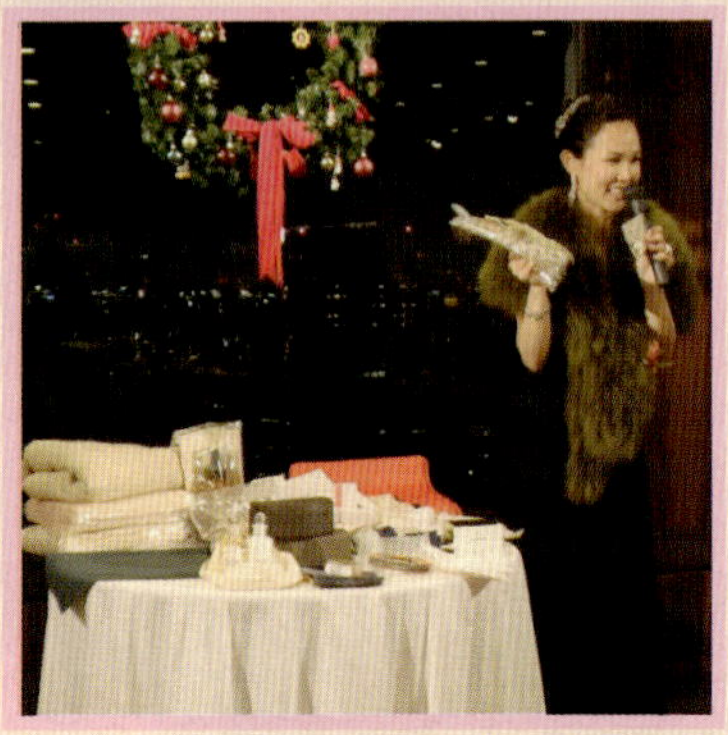

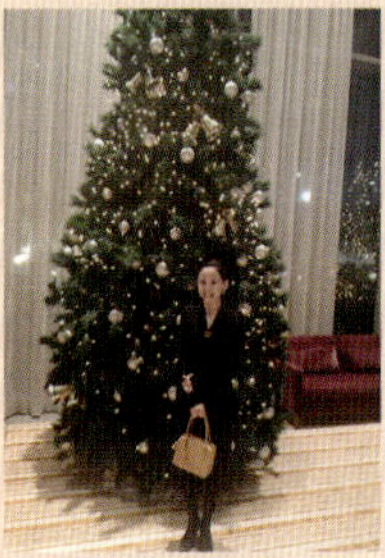

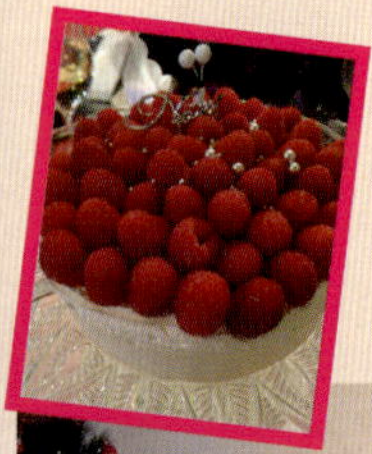

11／24のエクレア

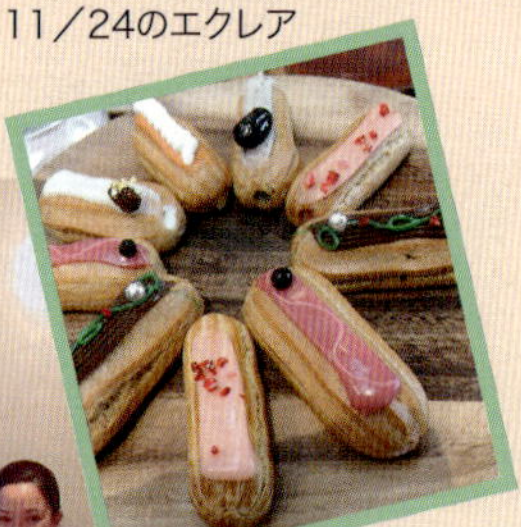

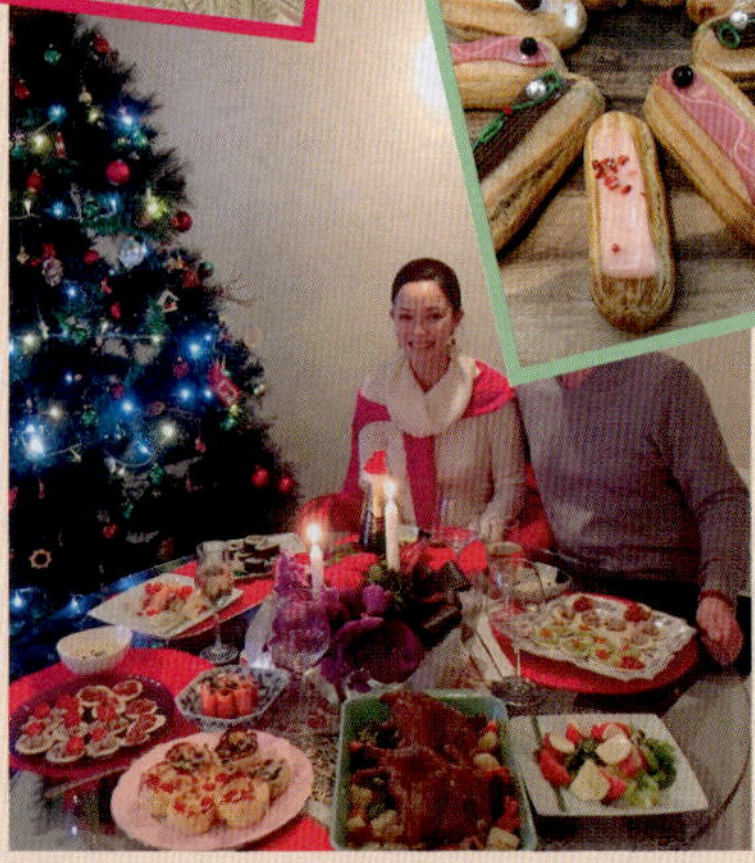

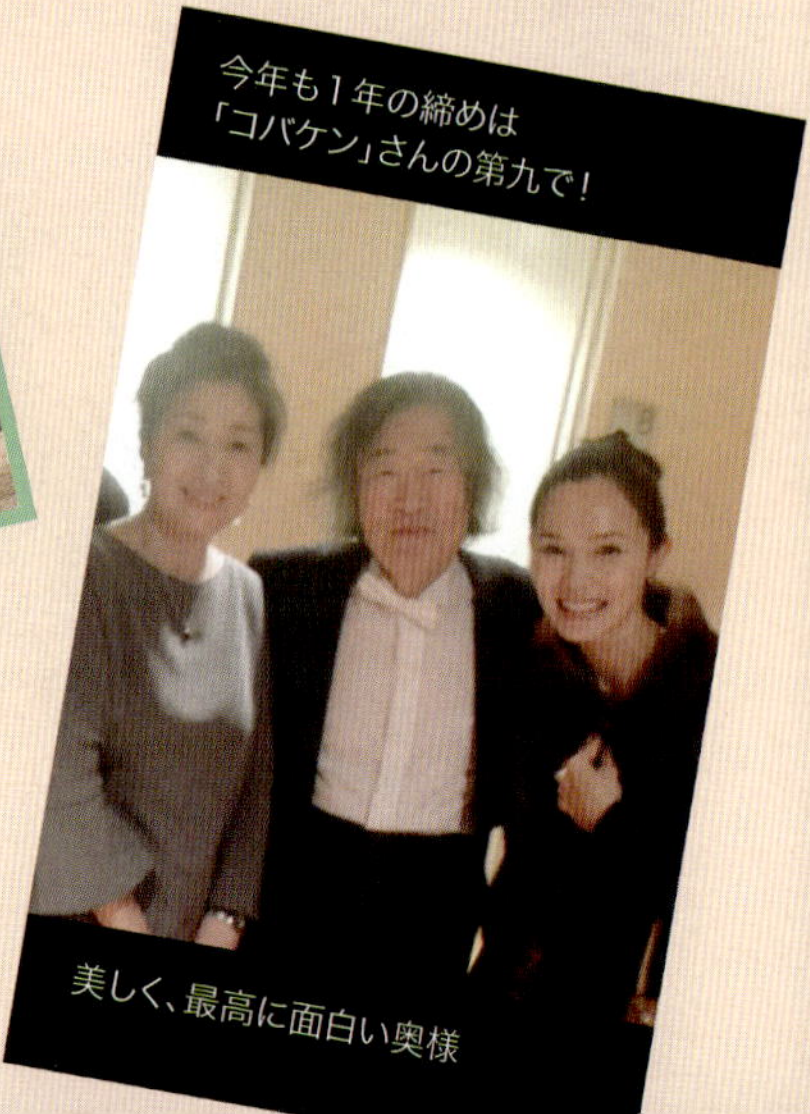

今年も1年の締めは
「コバケン」さんの第九で！
美しく、最高に面白い奥様

8月22日（月）

起きる前から雨が降っていた。台風がきているみたい。

雨の音を聞いているのはいい。

朝食を食べてからお風呂に入る。

この人の本を読むと、すぐに仕事がしたくなってくる、というものがある。

私の場合、触れたあとに仕事をしたくなるもの、というのは本物だと思っている。たとえばその人の作品だったり、その人の態度だったり、会話だったり、旅行だったり……それに触れただけで、ああ、早く帰って仕事しよう！　と発奮されること。


ネットでオリンピックの閉会式のパフォーマンスを見た。

次回の東京オリンピックのイメージ映像がすごくよかった。キャプテン翼やドラえもん、キティちゃんも出てくる……そうか、海外で知られている日本の象徴を使うんだね。

スーパーマリオが東京からリオまで赤い玉を運び、最後に安倍総理がそれを受け取って会場中央のドラム缶から出てくる、という映像もすっごくよくできていた。東京の真裏にあるリオまで、あのマリオの緑のドラム缶でワープするというつくり。マリオが登場するあの音と一緒に実物の安倍総理が登場する。

いろいろな言葉や単語に隠れている「RIO」という文字を強調している演出もよかった。

なんか、涙が出そうになった。

8月24日（水）

セドナに行く時期だけど、はじめの予定より少し後ろにずらすことになった。12月のはじめ頃。本当はベストシーズンだという秋に行きたかったけど、同行するメンバー全員の予定を考えると仕方ない。

サロンに敷く白いカーペットがきた。

結局、隅までびっしりと敷きつめるのはやめにした。大理石の部分を残したほうが効果的なので。これで、サロンの改装はほぼ終わり。

「毎日、ふと思う」の15冊目『こんなところに神様が……』が出た。

8月25日（木）

今年は穏やかながらもいろんな変化が起きている。結婚、引っ越し、改装。仕事についても、これまでと違う方向へ興味が出てきた。なんとなく、新しいほうへ向かっている気がする。波がきている予感。

8月28日（日）

今日はホホトモサマーパーティーだった。佐島の北原照久さんの家で。

今日の衣装は白。タイで買った最近一番気に入っているドレス。

「素敵～♥　まるでパルテノン神殿みたい～」

とみなさまに言われた。それって……建物じゃん。

うん、でもわかるよ、白い柱の部分だよね。それがこの斜めについている布のところとかぶるんだよね。

その後何度も、「古代ギリシャみたい～」と言われたのも、みんなそれを思い浮かべてのことだよね（笑）。

それぞれのテーブルの人たちと均等に話そうと思って庭を移動するたびに、みなさまがぞろぞろ後ろをついてきて、ふと後ろを振り返ったら、すごい人数がついてきていて驚いた。

「民族、大移動ですね」と笑われる。

今日聞いた話で面白かったのは、ある神社にお金のお願いをしに行ったIさん。

具体的に自分に必要なことを計算して（たとえばお母さんに必要なお金、家に必要なお金、それから自分の欲しいものなどを計算して）具体的に金額を入れて祈ったらしい。たとえばそれを500万円とする。

そうしたら、それからしばらくしてお父さんの遺産相続の一部が支払われていないことがわかり、その振りこまれた額がなんと500万6千円！　端数は手数料などで消え、本当に希望どおりの金額がきたんだって。

その人が本当に必要としていたら、宇宙から見れば500万も5万も5000万も同じなんだと思う。純粋に欲すること、ただワクワクして「あれが欲しい」と思ったら、ものに対しての思いもとても純粋。

他に印象的だったのは、これまで不動産業界にいたけど、やめて、前から夢だったシャンパンバーを始めたいと言う女性。

でもどこから手をつけていいかわからず、自分の得意な不動産業界にいたほうがいいか、なにから始めていいのかわからない。

そういうときは、自分の気が乗ることから始めればいいんだと思う。方法も、気に入ることだけをとり入れればいい。

自分のまわりに集まってくる人や、方法やもの、すべてにおいて自分がピンとくるものをたどっていけば、その先はシャンパンバーにつながっている。途中には、前の不動産業界からの話があるときもあるかもしれない。それも、自分がピンときたらやってもいい。前の仕事に戻ったら今の夢と離れるということもない。日常でワクワクすることを追っていくのが、夢への近道。

日常でも
この夢と
同じ波動でいないと!!
いつでも夢に近づく道へ
シフトできる
シャンパンバーと
これは
関係ない
と思ってる

北原さんと話していると、言霊って本当に大事だと思う。

好きなものを「好き」と表現する素直さも。自分のおもちゃのコレクションや今日あった

楽しいことを「これ、すごいだろ？　ボク、すごいだろ？」というスタンスで話すのにちっとも嫌味じゃない。

あ、今思ったけど、北原さんが自分の欲しいもののことを「これが好き、欲しい」と言うのって、究極の言霊だよね。ものにしてみたら、自分のことを褒めてくれて、「これ、素敵だろ？」ってまわりの人にも話してくれるんだったら、そんなふうに自分のことを褒めてくれる人のところに行きたくなると思う。

奥様の旬子さんも、いつもながらかわいらしく素晴らしい。いつもご主人と一緒に楽しむ姿勢。

あ、そういえば、今日は北原さんのところにT先生という歯医者さんがいらしていたのだけど、この方が私のパパさんと仲良しの歯医者さんだった。以前から話を聞いていた先生だ。バービー人形のコレクターなんだって。あと車。ロールスロイスとミニクーパーをたくさん(笑)。

あまりにも日焼けしすぎていて、はじめ、表情がわからなかったくらい。こんがり焼けた北原さんが白く見えるほど。今日はゴルフの予定だったそうだけど、朝、北原さんに電話したら、今日私のパーティーがあるということで、急きょ予定を変更してこっちに来たんだって。とっても温かい方。

今回はホホトモ参加者にも男性が増えていた。

みなさまにとってますます楽しく、明るい気持ちになることが起こりますように！

みなさまが帰られてから、北原さんたちと隣のカフェでお茶。

北原さんとT先生が、手品を見せてくれた。

そのどれもに、いちいち引っかかった私。

「帆帆ちゃん、だましやすいわ」と笑われたけど、これがどうして驚かずにいられるか、という技が次々と目の前で繰り返された。

それから、ハトを出すマジック。北原さんが、手の平の上にハンカチをかぶす。

「帆帆ちゃん、ここからなにを出して欲しい？　なんでもいいよ」

帆「え？　なんでもいいの？　う〜ん、じゃあ………リンゴ」

「リンゴ？　動くものにしてくれないかな（笑）」

帆「え？　動くもの……う〜ん、じゃあ、ハムスター」

「ハムスター？　ハトにしてくれないかな（笑）」

帆「ああ、ああ、ごめんなさい（笑）。そういうことね。じゃあ、ハト」

「何色のハト？」

帆「グレー」

「……あのさ、普通は白じゃない？（笑）」

とか言いながら、白いハトを出してくれた。

「帆帆ちゃん、普通の人はね、なにが出てくると思う？　と聞くと、ハトって答えて、何色？って聞くと、白って答えるんだよ。まあ、帆帆ちゃんは普通じゃないからな（笑）」

あ、ああ、そういうことね、ごめんなさい。まったくわざとじゃなかったんだけど、本当に気付かなかったの。そうだよね、手品といえばハトだよ……ハムスターって（笑）。

8月29日（月）

仕事の気晴らしに片付け、片付けの気晴らしに仕事。

今、書きたい本があるのだけど、目の前の新刊にとりかかっていると、先になりそう。

ペタペタ歩いて、サンドイッチを買いに行く。

8月31日（水）

このあいだ聞いた、「具体的に金額を入れたほうがかなう」という話、それに似ている話をまた聞いた。

その人も、「宇宙（神社、神様）にお願いするときは、素直に具体的に」ということを聞いて、本音で必要なものを計算して祈ったら、それからしばらくして（それが今日なのだけど）新しく依頼された仕事の報酬がお願いした金額とまったく同じだったそうだ。

しかも、具体的に計算した金額は、それより前に曖昧《あいまい》に祈っていたときの金額より数倍多かったんだって。

「でもまだわかんないよ!?　まだ手元にないから」なんて言っているので、さっそく言霊の話をする。

最近、台風が多い。次々とくる。

9月1日（木）

新月で1日で日食かぁ。

久しぶりの編集者さんが来た。会っていなかった2年間の話をする。結婚の報告もした。びっくりしてた。そこから、当時いろいろあった恋愛の話へ。ああ、そんなこと、あったね〜。

仕事の話で、「浅見さんって、なにかを説明する文章がすごく上手ですけど、それって、どうしてそうなったんですか？」と聞かれた。

帆「学生のときに作文がうまいとか、読書感想文に必ず選ばれるというような子ではまったくなかったのね、むしろ逆だったと思う。ただ、もしかしたら関係あるかもしれないって思うのは、高校生のときとか、ノートをまとめるのが上手だったの。試験用のまとめノートみたいなの。あとね、私、分析するのが好きなんだと思う。これはつまりこういうことだな、みたいな」

R「ああ、たしかに日記とか読んでると、これはこういう仕組みだな、みたいなことよく書いてますもんね」

そう、私は分析するのが好きなんだと思う。分析、探求、そして自分なりの答えが出ると満足。本は、そのまとめとして書いているだけなので、それをみんなに知ってもらいたいという感覚はあまりない。

その後、私がこれからやろうと思っている「秘密の宝箱」計画の話をしたら、ものすごくテンションが上がっていた彼女。私も背中を押された気分。

時計を見たら、6時15分！……え？　もうそんな？　3時間も話していたことになる。次の約束は7時！

彼女が帰り、大慌てで支度をしたらLINEに連絡あり、7時半にしてもらってもいい？とのこと。よかった。

でも結局、7時半にもギリギリになり遅れてしまった。

久しぶりの友人と「アマン東京」……珍しい。この人は本当にグルメで、いつもは知る人ぞ知る美味しくて高い名店が多く、こういう「ザ・外資系ホテル」は興味ないと思っていたから。「たまにはいいでしょ」と本人も言っている。

サイキック的な人に、「あなたは本来の踊るべき場所で踊っていない」と言われたそう。

つまり、本当は感性を生かした芸術的なことをするのが好きなのに、今は経営という役割になっている。その経営という役割を今思いついている人に任せれば、（はじめは不安だろうけど）後任もきちんと職務をまっとうできるから、みんなにとってハッピーになるらしい。

ものすごく納得らしい。この人の場合、芸術家的なことといっても、自分で作品を創作する方向ではなく、どちらかと言えば評論家。音楽にしても、絵や彫刻にしても、ひとつひとつに造詣も深いし、しっかりと自分の意見や見解がある。それを語っているときのキラキラしていることといったら……。

軽井沢に別荘を建てていると言うので、「なんとなく丸い感じじゃない？」と思いつくまま言ったら、「そう！　丸、なんでわかったの？」とビックリしていた。ちょうど今日、建築家とその丸い部分についての打ち合わせをしたんだって。

最近の私、好きなことをしている時間が長いから、感性が冴えているんだと思う。

9月3日（土）

午前中、まぐまぐの原稿を書いて、新刊に200冊ほどサインをして宅配便に出し、AMIRIの仕事をして、大量にたまった郵便物を整理する。

今週末も軽井沢へ。

夜中、珍しく目が覚めてリビングに行ったら、ママさんも起きていた。

帆「こんな時間に起きちゃうことなんて、いつもはないのに」

マ「あら～、いいわね～。ママなんて3時間寝たら必ず一回、目が覚めちゃうわ」

深夜テレビって、ずいぶんいろいろあるものだなあ。

帆「劇団ひとりって、今田耕司と並んでそんなに背が変わらないってことは、結構高いんだね」

マ「そうね。今田耕司って、お笑いの中ではかなりまともよね、この外見が。このまま変な人と結婚なんてしないで、ずっとひとりでいたほうがいいわよね」
帆「ほんとほんと」
続けて、一般人が新しい本の企画を出す番組。今回のテーマは「動物園」。動物園にマニアック的に詳しい人が4人出てきて、動物園に関する本をそれぞれにプレゼン……。面白い。
そこから、TOKIOの「ザ！鉄腕！DASH!!」の話に。
マ「あの番組、ひとりひとりの個性が本当によく出るのよ」
帆「ママが気に入ってた山口君。メンバーの中で一番作業に没頭して、本当に楽しそうにやってる人ね？　あの人、一般の女性と結婚したよね」
マ「え？　また？」
帆「……ずいぶん前だと思うけど」
マ「離婚したわよ、最近」
帆「え〜!?　そうなんだぁ……いや、今、それを聞く前に言おうと思ってたのはね、あの山口君って、ひとつひとつの作業にすごく没頭していて好きだったけど、ああいう人って普通の結婚したら結構大変だろうなあって言おうと思ったの」
マ「そうそう（笑）。それで、離婚のときに記者会見したのよ。離婚の原因は、僕に女性ができたとか、性格の不一致とか生活のズレとか、そういうことではなくて、自分にやりたいことが本当にたくさんありすぎて……だからどんな生活スタイルにすればいいかずっと話し合ってきた、変な誤解をされるのは彼女もかわいそうだし、僕も嫌なので記者会見を開いたっていう……すごくあの人らしい会見だったのよ」
帆「へ〜、なるほどね〜。でも普通は奥さんが、『いいよ、好きなことやって』と言ってあげれば成り立つわけだから、そんな次元のやりたいことじゃないんだろうね」
マ「ほんとね」
深夜にダラダラと話す。

9月4日（日）

8時頃起きたら、もうママさんは、グツグツとなにかを煮込んでいた。今日はウーちゃんとチーちゃんが遊びに来る。

「そろそろ東京を出た？」と、9時すぎにふたりにLINEしたら、「もうインター降りて、ツルヤに向かってる」ときた。うれしい。

11時前に着いて、持ってきてくれたお団子や大福を食べる。

夜までたっぷり時間があるなんて最高。

12時すぎになって、

「お昼どうする？」

「出かけてもいいけど、早めの夕食にするということにして……」

「あ、そうしましょう」

「ここでゆっくりがいい。動きたくない」

「うんうん」

チーちゃんは、向こうでアンティーク品を見ながら、ママさんと話しこんでいる。そういうことにあまり興味のないウーちゃんはこっちで食べ物の話。


4時くらいから、夕食の準備。今日のメニューは、好きなもの手巻きと焼肉と、サラダ2種。夜食にドライカレー。手巻きの具は、いくらとトロと鮭とウニ、あと梅干しとシソ。このあいだのバーベキューで美味しいものだけを具にする、というのがすごくよかったので。

「もしこうだったら一番うれしいなあ、というのをお願いするのが一番かないやすいよね」

「そう、遠慮したことを願うからかなわない……」

宇宙から見たら、その人が自然に思いつくことが一番その人にふさわしいんだと思う。だからそれより内輪の遠慮したことを願ったら、本人は「そっちのほうが小さいからかないやすいだろう」とか思っているけど、宇宙から見たらその人にふさわしくないんだと思う。

たとえば、大きな会社を経営している人が、もっとこういうこともやりたい、と思ったとする。でも、今でも十分にうまくいっているから、そこまで望むのはよくないかもしれない、とか思って、それより小さめの別のことを願う……でも宇宙からしたら、本音で望んでいる第二、第三のビジネスのほうが、その人自身を輝かせるということを知っている、だから本音の望みのほうがかなえやすい。本人が「こっちのほうが控えめだから」とか勝手に思っていることのほうは、その人ではなくてもいいし、宇宙から見たら不自然。

そっちのほうが大きいとか小さいというのは、人間の感覚だからね。

それと、このときに「どっちのほうが社会の役に立つか」ということを考えるのも大事なんだけど、気をつけないと「似て非なるもの」になりがち。その人が本音でやりたいことは、自然と魂がキラキラするから、結果的に社会の役に立っている。その人が幸せになるかどうかが世界への恩返し。

9月6日（火）

吉本ばななさんのエッセイ『イヤシノウタ』を読む。

ばななさんの本を読むと、ばななさんのエネルギーになる。

作品にはその人のエネルギーがこめられているからね。その人を思っただけでもその人のエネルギーになるんだろうな。今年の『毎日、ふと思う⑮ こんなところに神様が……』の表紙の絵を描いているときも、ドバイのことを思い出したら自然とドバイっぽい神様の絵になったし、カンボジアのことを思いながら描いたらカンボジアっぽい神様になった。

「そこを思う」というのは、その情報をダウンロードするということ。

そことつながるということだ。前に友人がすごくモーツァルトっぽい曲を作曲したとき、「モーツァルトのことをグーッと考えていると降りてくる」と言って、それはすごい！と思ったけど、考えてみたら当然だな、と思う。

9月8日（木）

たまに急に、本当に急に幸せな気持ちが襲ってくるときって、あるよね〜。

今日そうなったきっかけは、「今日はなにも予定がなくて、新刊の原稿をゆっくり書ける♪」と思った瞬間だった。

ずーっと執筆。途中にレモンティラミスを食べながら。最近、ちょっとお菓子が多すぎるような気がするけど、バリに行くまではいいとしよう。

そうそう、ふたつ返事で決めたバリ島。なかなかすごいメンバー。注目は、指揮者の小林研一郎ご夫妻。

バリ島で、あるメソッドを学ぶ。どんなメソッドなんだろう。Nピーに会うのも楽しみ。そこでどんな出会いが……。

夜は、今回の結婚でお世話になった（いや結婚だけじゃなく、前からずっとだけど）大事な友達ふたりと、彼と食事。とても、とてもハッピーな時間だった。

9月9日（金）

婚約指輪をオーダーしに行った。よい日にちを調べて入籍が早まったので、ギリギリになったけど。実際に見たら、私が考えていた以外にも素敵なデザインがいろいろあって迷った……けど、はじめに決めていたものにする。

一ヶ月くらいかかるので、入籍後のお楽しみ。

今日も暑い。帰ってきて、疲れてウトウト。

午後、まぐまぐと共同通信を書いて、明日の準備をする。明日からバリ島。

9月10日（土）

今、ガルーダ・インドネシア航空の飛行機の中、ファーストクラス。

チェックインカウンターで、5万円でビジネスからファーストにアップグレードできるというラッキーな提案をいただき、みんなで即決。

空港のラウンジで、今回のメソッドを教えてくれる先生とNピーと合流した。

私を見るなりNピーが突然、ビックリなことを言ってきた。私の顔の隣に顔が見えていて、それがなんと……という驚きの内容。すごい！　Nピーってかなり敏感かも……なんだかそんな人ばっかりね。

機内は快適だった。エミレーツのファーストみたいに個室のキャビンになっている。ガルーダにファーストなんてなかったはずだけどな……と思っていたら、今年からできたんだって。バリ島の地価があっという間に10倍近くになり、バリにも富裕層とされる人たちができたかららしい。飛行時間がもっと長ければいいのに。

離陸後、すぐに出てきたおつまみのキャビアとバナナ生地のパンケーキを食べる。えびチップスのようなスナックにクリームとキャビアをのせて食べるのがバリ風らしい。

『Me Before You』という映画に泣いた。恋をしておしゃれをして、自由に生きろ、というロマンスもの。こういう映画、好き。

ファーストクラスにはバトラーがつくので、着いてからも、ボーッとしているあいだに荷物を集めてくれて、ふと気付いたらホテルまでの車に乗っていた。

20分ほどでフォーシーズンズホテル ジンバランに到着。

レジデンシャルヴィラ、いいね〜。

プールの向かい側に2部屋、2階にスイートルームの広々とした部屋がひとつ。裏には部屋付きのバトラーが待機していて、いつでも呼べばすぐに出てきてくれる。お茶を淹れたり、食事をサーブしたり、いろんな手配をしてくれるバリ人のバトラーさん、ちゃんとした英語と少しの日本語を話す。

すでに到着していた、タイから来ている日本人のTさんと挨拶。

さわやかな風が吹き抜ける屋外のテーブルで夕食をとる。

9月11日（日）

きのうは、リビングの上についているスイートルームのような部屋を使わせてもらって、グッスリ眠った。ハネムーンで使うような部屋、天蓋付きのベッドは大きすぎて、夜中、縦横がわからなくなるほどだった。

南国の朝。

朝食を食べにカートでメイン棟に行く。海に面したレストランでビュッフェ。バリらしい音楽が流れている。空気が濃密。同じ南国でも、ハワイとはまた全然違う感覚。

小林ご夫妻が到着された。

世界のコバケン、こと小林研一郎さんと奥様。実は私の実家が小林ご夫妻のご自宅の近く（庭の向こう側）なので、ご近所さん（でも実家にいるときにはご縁はなかった）。2年前の大みそかに、コバケンさんが指揮をするベートーベンの交響曲第一番から第九番を聴きにいった。8時間くらいかけて指揮棒を振るコバケン先生は……宇宙人のようだった。たまにピョンピョンと空を跳んでいた。

奥様のY子さんが、素晴らしかった、面白すぎる。普通じゃない。非凡なことが、話していてすぐわかる。

さて、今日からさっそく、あるメソッドを学んでる。午前も午後も、その授業。きのうのディナーもそうだったけど、今日のランチもものすごく考えられた、体中の毒素を出すようなメニューになっていた。食事の前に青汁のような飲み物も飲まされて、すっかり健康的。痩せるかも……。

タイからいらしたTさんと、仲良くなった。Tさんは、最近までずーっとフランスに住んでいて（ご主人がフランス人だから）、最近タイに引っ越されたという人。ものすごくはっきりした方だけど、私はそういう人、好き。おしゃれでカッコよいマダム。

9月12日（月）

早朝、雨が降っていたような気がしたけど、朝になったら快晴だった。どうして夜になると波の音が大きく聞こえるんだろう。

朝食のあと、ヨガのプログラムへ。目の前の海に張り出した気持ちのよい板張りのテラスで、ポーズをとるみんな。

私は参加しないで海辺近くを散歩した。

今日も海はキラキラ。ホホトモのみなさまと一緒に来たバリツアーを思い出す。いろんなバリの顔がある。

先に戻ったらしいみんなを追ってカートに乗ったら、向こうから朝食をパスしていたコバケン先生がやってきた。「もう一度一緒に食べましょう」と言われたので、もう一度一緒に朝食をいただく。

とても楽しい時間だった。

言葉がひとつひとつ、相手にきちんと伝わっている感覚。音楽の話、本の話、ゴルフの話など多岐にわたったけど、なにを話していても感性のやりとりをしている気がした。

先生が優勝した国際コンクールにエントリーするときの話とか、指揮をしているときに作曲家が降臨するときの話とか、面白かったな。その内容はもちろんだけど、話しているときの表現の仕方が特に好きだった。

感性の塊のような先生から、

「帆帆ちゃんと話していると、感性が刺激される」

なんて言われて……光栄すぎる。大事に心に刻みたい。

9月15日(木)

あっという間に6日間のバリ島が終わった。

同じ旅行を一緒に体験しても、その意味は人によってまったく違う。Aさんが、「この旅行は最悪だった」という感想を持ったとしても(たとえばね)、Bさんには別のストーリーがあって、まったく別のことを体験していたりする。一緒に行動していても、それぞれの人にふさわしいことが起きている、ということ。

私にとっては、Nピーやコバケンさんご夫妻やTさんとの交流がなによりも楽しかった。

最終日の午前中、私とNピーはホホトモバリツアーでお世話になったケントさんのアテンドでバリのレースを買いに出かけ、繊細なレース生地をたくさん買った。その行き帰りの車の中での会話も、今回のバリ島で心に残ったことのひとつ。

さあ、帰ったら入籍だ。

さようなら、バリ島。しばらく来ないと思うけど、またね〜。

9月16日(金)

旅行から帰ったあとの自分の家っていいよね〜。隅々まで、好き。

さて、バリで書いていた日記を整理しようと思って今パソコンを開いたら、どこにも見当たらない。

メモ程度のワードしか残ってなくて、いろんなことを詳しく書いたものが全部消えている……残念だけど、まあ、いいか。あれは書かなくてよかったんだろう。

さて今日は、バリの続きのようなメンバーで、コバケンさんの弾き語りコンサートへ。Nピーと会場入り口で待ち合わせをする。入り口近くに立っている彼女は香港マダムのよう。日本人ではないような大物感が漂っている（笑）。

コバケンさんはピアノもいい！ということを知った。はじめに弾いた「月の砂漠」なんて最高！

「素敵ね〜」

「あんなに簡単な音でできているのにね〜」

「私が弾く『月の砂漠』と同じとは思えない」

とNピーとコソコソ話す。

そうそう、バリで私の結婚の話になったとき、コバケンさんが「結婚式でお祝いの歌をプレゼントしたい」と言ってくださったんだ。

こんな素敵な歌とピアノだなんて……楽しみすぎる！

9月17日（土）

今年はかなり変化の年だな、と思う。12月に行くセドナの流れに乗っているのかも。セドナは「変化のタイミングにある人が行くことになる場所」とよく言われるらしい。
旅の内容はまだ見えていないけれど、すごく楽しいものになるという予感はある。それだけで十分。

9月18日（日）

AMIRIに新しいラインが出た。「プレシャス・ビューティー」。パールのピアスや天然石のものなど、さわやかなライン。モアナ・パールネックレスがお気に入り。

夜はコバケンさんご夫妻とNピーと友人たちで、スッポンを食べに行く。目黒川沿いの看板の出ていない隠れ家。予約が入ったら店を開けるスタイルで、カウンター席のみ。メニューはスッポンのオンパレード。

体調があまりよくなかったので、スッポンの卵などはちょっとしつこく感じたけど、最後の雑炊はよかった。

9月21日（水）

今日は女性だけの「年代6人会」。30代、40代、50代、60代、70代、80代の女性がひとりずついる会。80代もいるって、なかなかだ。

私が30代代表で、「早くしないと来年の一月で40歳になっちゃうから」ということで決行。70代の代表が私のママ、80代の代表が50代代表のお母様。

面白い会だった。年代に関係なく話題が共通、本気で笑える。

80代の女子から贈り物をいただく。マイセンの鳥の置物。来年の干支《えと》だ。

9月24日（土）

今日は大阪講演だった。今日ほど時間が早く感じた講演会はなかった。20分くらい話したかな?と思って時計を見たらもうすぐ一時間。その後のQ＆Aには80個くらい質問がきていたので、どうしても半分以上は残ってしまう。本当は後半にもいい質問がたくさんあったのだけど、先に質問してくださった人のことを考えると、やっぱりできるだけ順番通りにしたいと思うしね……。

今日の衣装もタイで買ったもの。風邪っぽく、体調が悪かったので椅子に座って話す。

9月25日（日）

夏にも行った友人宅で、またバーベキュー。

朝まで体調が悪かったけど、楽しい空間だから、やっぱり行くことにした。ティッシュを抱えて鼻をグズグズさせながら。おみやげに、今うちにたくさんある蟹を持っていった。

9月28日（水）

KADOKAWAさんとセドナ行きの打ち合わせ。ガイドブックとにらめっこして行きたい場所をだいたい決めたので、現地のコーディネーターさんに伝えてもらう。

ホテルは、ウーちゃん一押しのところ。ホテルの脇を流れている川にものすごくエネルギーがあるんだって。ネットで見てみたら、そこは大型ホテルではない大人向きの静かなホテルらしい、すごくよさそう。

旅行に出るとき、私は意外と事前にいろいろ考えて決めておきたいタイプ。最終的には現地で起こる流れにまかせるけど、はじめから空白で出発するのは苦手。

なので、パワースポット以外にお買い物の場所なども細かくチェックした。

10月3日（月）

先月半ば、入籍した。かといって、特になにも変わりはない。結婚を認識するようなことが、まだなにもない。仕事や公の場では旧姓のままだし。披露宴はゆっくりと、「来年の夏頃までにできればいいね」と話している。

夜はアークヒルズクラブの懇親会。いろんな人間模様を眺める。

10月6日（木）

「いまいちだなあ」という結果になった事柄に対して、関わっていた双方がお互いに「これは相手の采配」と思っていたことが今日わかった。つまり相手は「これは浅見さんの望みでこうなっている」とずーっと思っていて、私は「これは相手が決めている」と思っていたのだ。

こんなに長いあいだお互いにそれを知らなかった原因は、双方のコミュニケーション不足。でも私としては、「途中報告をしてください」と先方の窓口にあたる人に何度も何度も連絡していたのに一度もなく、その状態のまま担当の人がその会社をやめてしまった。当然、十分な引き継ぎはされていなくて、ほったらかしになっていたところへようやく先方に後任の人が調べ始めてビックリ……ということになったらしい。

で、これをきっかけに、いくつか契約を終了させることになったのだけど、やめられてよかった。もうモチベーションがなくなっていたのに、〝あれはどうなっているんだろう〟という気がかりとしていつも頭の片隅にあったので。

今年はいろんなことがどんどんシンプルに、わかりやすく整理されていく。必要なことと、そうではないものが明確になってきた。人、もの、出来事、仕組み、いろんなことの整理、転換期。


マックの調子が悪いので、「Genius Bar」に行ってきた。ここにいる人たちは、いつ来ても好印象。革新的で、融通が効いて、自然な人間としての親切な対応。

たとえばスマホの場合、日本の通信会社だと、なにかひとつ修理するだけでも自分の順番がまわってくるまでものすごく時間がかかったり、やっときたと思ったら要領を得なくて、もう一度出直すことになったり、とにかくスッキリしないモヤモヤ感が残ることが多いらしい。もちろん、ネットで事前予約もできないし。

マック、あっという間に直った。

10月7日（金）

朝からいろいろ忙しい。ひとつの作業が終わって次の作業に入る前に深呼吸をして、「次の打ち合わせの目的はなにか」を意識した。そのたびに、自分が切り替わる感じ。

スマホのカバーを久しぶりに交換した。ダイジョーブタのシールを貼っていたこれまでのプラスチックケースは、何度も落としているので割れたままかわいそうなことになっていた。

表紙がついている手帳型のケースをネットで買って、ダイジョーブタのシールを貼った。かわいい。数分おきにさわっちゃう。

10月9日（日）

大ヒットしているという映画『君の名は。』を観に行く。

直前に知ったけど、これ、アニメなんだね。行くときの会話、
帆「これって、誰が主演なの？」

「……アニメなんだけど……」

という具合。

観て驚いた。こんなにスピリチュアルな映画なんだね。人気がある理由がわかったような気がした。アニメーション好きから観ても、音楽の方向から観ても、スピリチュアルな要素にしても、いろんな方向から楽しめる。そして、こんなに目に見えない世界のことを扱った内容の映画が日本で異例の大ヒットをしているあたり、変わってきたなあとうれしく思う。

うん、最近、世の中がはっきりと変わってきているのがわかる。スポーツ選手や偉人のコメントなどに、「とにかくワクワクすることをやること」とか、「自然体が一番うまくいく」

とか、「自分の感覚をたよりに」とかいう言葉がよく聞かれるようになったりしている。

ようやく、という感じ。

10月11日（火）

ビックリなことが！！！！

妊娠していることがわかった。

本当にビックリ……。まったくわからなかった……驚いた。

病院は、私も生まれたS病院にした、迷いなく。

予定日は、来年の5月だって……え？　早くない？　知らないうちに進んでいたみたい。

うっすら、つわりのようなものが始まっている。

10月13日（木）

気持ちが悪く、一日中寝ていた。

本当は、結婚のお祝いで昔からお世話になっている人とランチをするはずだったのだけど、起き上がれないほど気持ち悪いので延期させてもらった。横になったまま電話で話し、会ったのと同じくらい楽しい気持ちになった。

10月14日（金）

今日は、きのうとうって変わってものすごく気分がいい。

きのうのはなんだったんだろう、と思うくらい。掃除をして、朝ごはんのあと、サロンに行く。

ああ、気持ちが悪くないって最高。きのうは、こんな気持ちの悪い状態がずっと続くんだ……と不安になるほど具合が悪かったから。

本を読んだりしてゆっくりと過ごす。

お昼寝もする。

それにしても、私は今頃になって妊娠についてのあれこれを知った。あまりにもネットにいろいろ書いてあることに驚く。この数週間、妊娠超初期症状というのにぴったりのことが起きていたことを知った。

10月16日（日）

私のつわりは、おにぎりを食べるとおさまるらしい。おにぎり……お米類。おにぎりだったら、なんでもいいくらいにお米が欲しい。

夜中のために、夫が大量におにぎりを準備してくれている。

今日はママさんの誕生日だ。お祝いは来週なので、今日は気楽なランチへ。

なんとなく、もうお腹が出てきているような気がするけど、ネットを見てみたら「今の段階でお腹が出てきているのは「ただの食べすぎとむくみです」とはっきり書いてあり、ショック！　少し体を動かそう。食事も気をつけようと思う。

でも待ち合わせをした新しいカフェは、そんな決心を簡単に揺るがせるくらい美味しそうなメニューで、私はグリーンサラダとブレックファスト・ブリトー、ママさんはフレンチトーストを頼む。まあ、明日からやろう、というか、栄養バランスよく食べて、体を動かせばいいや。

窓際のカウンターに座ったら、外の空気がとてもすがすがしい。

この窓、いいね。

窓枠が視界をさえぎらないし、雨が降ってもしのげる。

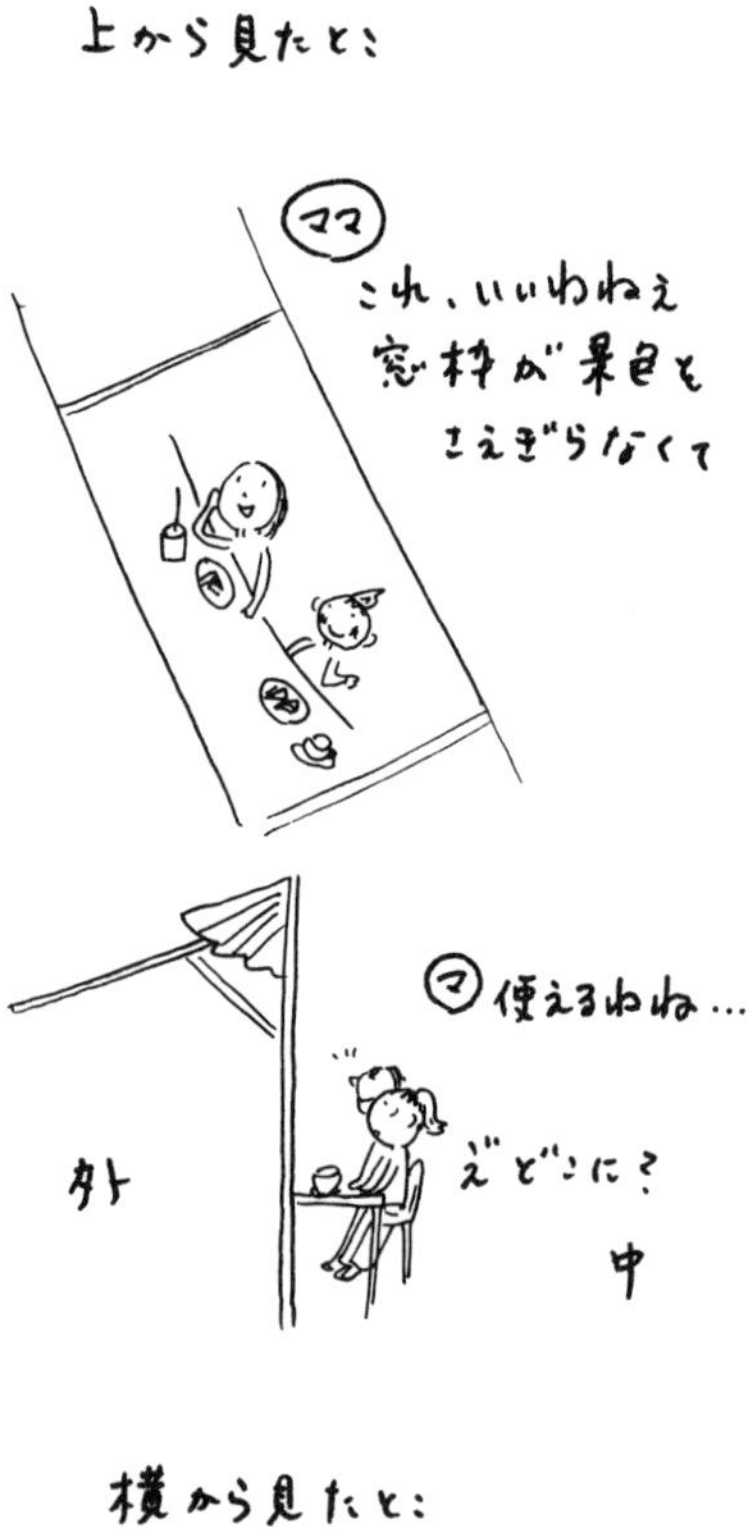

帰りに4種のチーズのパン（とても大きい）と、ミルクフランスを買って帰る。
帰ってからまたそれを食べる。

10月17日（月）

なぜかはわからないけれど、子供は男の子のような気がする。みんなもそう言うから面白い。どちらでもいいけれど……やっぱり男の子のイメージしかない。

今日の夜は、ウーちゃんとチーちゃんとしゃぶしゃぶ。

夜まで控え目にしようと思っていたのに、白いごはんをたっぷり食べた。

ああ、今日もまたうっすらと気持ち悪い。

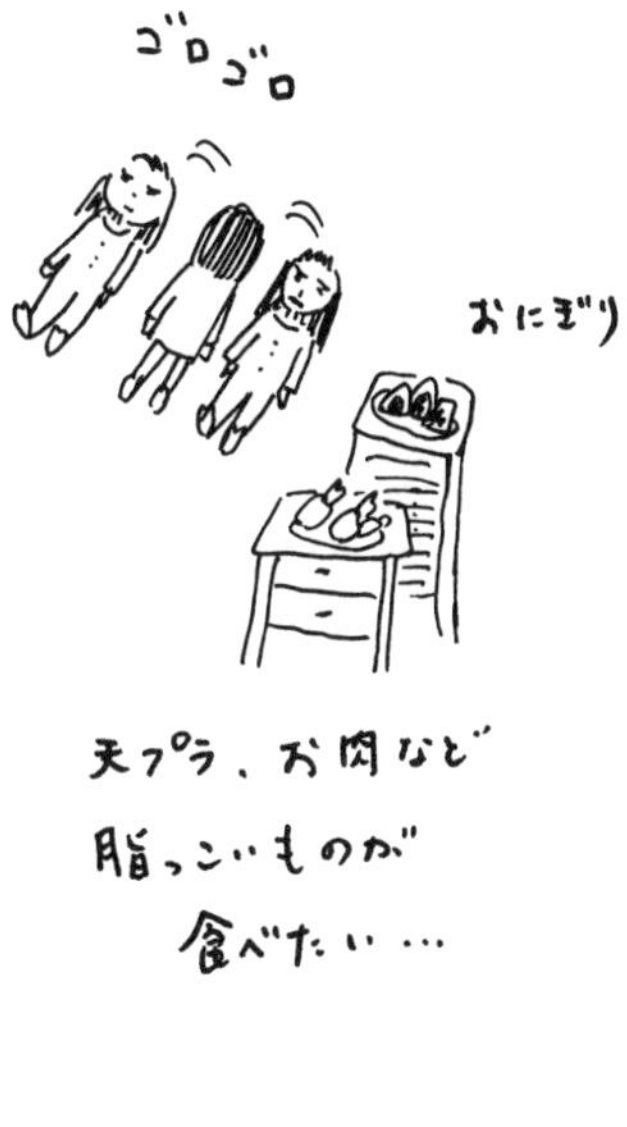
ゴロゴロ
おにぎり
天プラ、お肉など
脂っこいものが
食べたい…

赤坂の松葉屋で、3人で楽しく笑いながら食べる。このふたりも、妊娠を聞いてすぐに「男の子な気がする」と言っていた。

お肉が足りなかった。ウーちゃんは当然お肉のお代わりをするかと思っていたので（そして私もそれと一緒にお代わりしようと思っていたのだけど）、しないので、私もやめた（笑）。

今日の量だったら、あの3倍くらいは食べられる。

10月18日（火）

前にも書いた、人の活躍や成長を素直に喜ぶことができない器の小さな人のことを思い出して、モヤモヤする。

その人と話していると、私の大事な人の言動の批評をして、その人に改めさせたいみたいだけど、自分は人の批評をできるほど完璧なのかな。

このモヤモヤの原因をよく考えると、そんな器の小さい人とも私が関係を維持しなくてはいけない、と思っていたからだ。

……うん、続けなくちゃいけない理由はまったくないね。これまでの関係は過去のこと。いざというときに、こういう態度に出る人は、それだけで答えがはっきりしている。

正直に言うと、これまでも、この人に会ったり、この人をめぐる集まりに顔を出したりすると、いつもモヤモヤしていた。というより、はっきり言って全然楽しくない。みんながこの人に気をつかっていて本音を言っていないし、大笑いできることもない。

それなのに気をつかってそこにいようとしたのは、やはり離れることで相手にどう思われるかを気にしていたからだけど、そんなことどうでもいいんだった。どう思われてもいいので、離れたい。

そう思ったとたん、急にスッキリ。

ちょうど電話がかかってきたママさんに、そのあたりのことを話したら、まだ結論まで話していないうちに、

「そうよ、まったく関係ないわよ。完全に切れてもいいと思うと、なにかが変わるわよ」と言われた（笑）。

さすがだね、そのとおりだよ。そんな関係性に依存する必要はまったくなかった。

ああ、スッキリ。

お昼は久しぶりの友達。鯖とミョウガのパスタ、カラスミ風味。

結婚の報告などとして、あとは世間話などして別れる最後に、面白い話を聞いた。それは、数年前に関わって、私も含めたまわりの数人がちょっと嫌な思いをしたPさんのこと。当時、Pさんの言動を見て良識ある人たちは、「あんなことをしていたら、いつか自業自得で消えていくと思うよ」と言っていたのだけど、今、本当にそのとおりになっていたことを知った。

さっきまで考えていたあの人もそうだな、と思った。「そうなればいい！」ということではなくて、自分が外に発しているエネルギーは必ず自分に返ってくるから。

午後は、ある美術館を経営するご夫妻が「ぜひとも紹介したい」という女性と会う。ドバイの話などをする。

10月22日（土）

きのうは、群馬県の高崎での講演会だった。

主催は「高崎女性経営者研究会（JKK）」。

当日までのやりとりから察していたとおり、代表者のSさんや講演担当者のHさんはもちろん、会員全体から純粋で柔軟な女性のエネルギーを感じた。

始まる前から、「あ、これは楽しく話すことができる」といういつもの感じになった。

今日は男性も含め、私の本を読んだことのない人もたくさんいるので、私の本の内容の全体を網羅できるようにいろんなことを話したいので、いつもより一層時間が足りない……そう思いながら、最初の10分くらいで机の上の時計をチラッと見たら、なんと、そのとき7時半くらいのはずの時計が9時15分になっていた。それって、それって……もう終わっている時間じゃない！（笑）

思わず会場のみなさまにそれを話したら、大爆笑……よかった（笑）。

終わって、スタッフのみなさまと記念写真を撮って、サインをして無事終了。

最後にいただいた記念品が、高崎名物のだるまをダイジョーブタにアレンジしたものだった。ダイジョーブタがだるま体型になっている。すごくかわいい!!! こういう、ウィットに富んだ贈り物を考えられる人って感心する。

帰りの新幹線に乗ったあたりから、ドッと疲れが出た。やっぱり、いつもより体が疲れやすい。

10月24日（月）

今日も体調が悪いので、午前中はゴロゴロ。妊娠してから、一日にひとつの用事しかできない。どこかに行って、なにかを受け取って、という雑用程度のことでも、一日ひとつふたつくらいが限界。

夜は、弟とママさんの合同の誕生日を家族でお祝いする。

鉄板焼き。今年は私の夫が加わって、また新しく楽しい場だった。

10月25日（火）

最近、結婚と妊娠のお祝いでいろいろと食べているので、なにで太ってきたのかさっぱりわからない。

お昼は、友達に誘われて、恵比寿の「エラン ミヤモト」へ。シェ松尾で20年以上料理長を務めた宮本さんのお店。久しぶりにお会いしたけれど、宮本さんはすごく純粋で繊細な方なんだな、と思った。店内の熱帯魚の水槽とか、ハロウィーンのかぼちゃのディスプレイのことを、とても楽しそうに話してた。お店をミリ単位で計算してつくったんだって。

お料理は申し分なく美味しかった。特に、ポルチーニ茸のクリームスープ。ボールいっぱいいいただきたい。

友達にゆっくりと結婚の報告をして、今しかできないこのポーズで写真を撮られる。

そういえば、セドナの日程、うしろにずれて本当によかった。11月の終わり頃から安定期なので。はじめの予定だったら、行けなかったかもしれない。

10月26日（水）

ものすごく驚く話を聞いた。ビックリ……ほんとに驚いた。妊娠と同じくらい。

う〜ん、たとえて言うなら、絶対に沈まないとされていたタイタニック号が沈む、というくらいの衝撃。こういうことがあるとはね〜。

世の中、なにが起こっているか、わからないもんだな。

それが真実だろうとウソだろうと、このタイミングでその話が耳に入ってくるということに意味があると思う。

10月27日（木）

今日も朝ごはんのあと、サロンに行って仕事をしようと思うも、体がだるくてなにもできず。ソファでゴロゴロする。

夕方、首相公邸で安倍昭恵夫人と会う。久しぶりにゆっくりといろんな話ができた。

一番盛り上がっていたときに突然、部屋の電気が切れる。

おおおおお、なに？　これなに？

「ああ、この時間くらいになるとね、よく切れるんだよね」

とか言いながら、淡々と電気をつけに立ち上がった昭恵さん。首相公邸にいるらしいという例の幽霊かと思った。

家に帰り、メールを確認して気付いた。

今日はこのあと、AMIRIの仕事で寄らなくてはいけないところがあるんだった、すっかり忘れていた。妊娠してから、こういうことが多い。忘れっぽい。一度にたくさんのことを考えられない。それは赤ちゃんのことに集中するためだとよく言うから、まあいいか。

10月31日（月）

誰かと誰かをつないであいだに入る人って、頭のいい人か、またはこちらの言っていることをそのまま相手に伝えてくれる人じゃないとダメだよね。中途半端に自分の考えを入れて伝えているために、話がややこしくなっていることがある。直接やりとりしたほうが早いし、いずれそうなるだろうと思いながら見ているけど……。

本当にそうなった

コバケン先生が指揮をなさるハンガリー国立フィルのゲネプロに呼んでいただいた。

リハーサルとか舞台裏とか、何事もそういう場面を見るのは本当に面白い。

コバケン先生が楽団員たちにハンガリー語で一言二言指示を出すと、みんなの意識がギュッと集中する感じがたまらなくカッコいい。途中、やはり何度か飛び上がるような情熱的な部分があった。

すぐそばで弾いているヴァイオリン奏者の日本人の女の子に指揮を振るところもよかった。お互いの感性、よきものを共有している感じ。いいなあ。私もそういうこと、したいなあ。ハンガリーにいらした頃の若き先生を想像する。

11月1日（火）

１１１の日、なんだかいい日。

午前中、出版社と打ち合わせ。

お昼は、青学の小学校からの同級生と会う。社会人になってから会うのははじめてかもしれない。白金のフレンチ。

昔を知っているると、相手への記憶はそのあたりからとまっているので、「○○ちゃんって、こういう人だったっけ？」と思うことがある、いい意味で。でもその後しばらく話していると、「ああ、そうだったそうだった」と思い出してくる。何年も経っているうちにお互い大人になって変わった部分はたくさんあるけど、それでも小さな頃にその芽はあったよね。その一部が拡大しただけ。

意外と思い切りのいいことをズバズバ言ってのけて、好きなことと嫌なことがはっきりしているところがとても好きだと思った。彼女のご主人や家族に対しての向き合い方も、とてもさばけていて現代的。こういう形もあるんだな、とハッとさせられた。

彼女のファミリーとは、私たちが中学のときにハワイでも遊んだので思い出が多い。当時カッコよかった彼女のお兄さんの話や、お母様の近況なども聞く。

夕方から、パパさんとお茶。久しぶりにふたりでゆっくり話す。

もちろん、ずっと結婚にまつわる話。そして妊娠の報告。のけぞって喜んでいた。

Facebookで結婚の報告をした。

11月4日（金）

インフルエンザの予防接種、今年は受けるべきかな。社会人になってから一度も受けてないけれどかかったことはないいし、受けていてもかかっている人もいるし。

妊婦でインフルエンザになるのは避けたいけれど、体内にウィルスを入れるというのがどうもね……。

だんだん寒くなってきたので、風邪など気をつけようと思う。いつも以上に人混みを避けて、部屋の中でヌクヌクとこもろう。

12月のセドナも、雨が降ったらとにかく寒いそうなのでちょっとずつ用意をしている。大荷物になりそう。彼が心配して「一緒に行こうか?」と言っているけど、大丈夫。例によって、ママさんも一緒だから。

テレビでは連日アメリカの大統領選挙についての報道がされているけど、どうなるんだろう。トランプさんがなったりして……。夫と私の父は「トランプがなると思う」と言っている。

インフルエンザ、やっぱり気が乗らないので、今年もやめることにした。

11月12日(土)

今年最後の講演会。久しぶりの東京(新宿)。檀上からチラッと招待席に目をやったら、パパさんがにやついているのが見えた。パパさんが講演会に来るのって、はじめてかも……。いつもは時事問題などについてはほとんど触れないけれど、今回はアメリカ大統領選のことにちょっとだけ触れた。あとはもう話すことが山のようにあるので、思わず早口に……。無事に楽しく終わった。考えてみると、講演会で楽しくなかったことって一度もない。かといって、「話すのが楽しくてたまらない」というような感覚もない。ツルツルツルと話して、いつもあっという間。

終わって車に乗ったら、やっぱりかなりクタクタ。特に靴のヒール……これが疲れるみたい。ちょっとずつ体重も増えているからね。

フラフラしながら買い物をして、サロンに帰り、休む。

サロンに簡易ベッドを置こうかな。夫は「なにかあったときのために置いたほうがいいんじゃない?」と言うので、要検討。

でも……どこに置くの? サロンにベッドだなんて……。ベッドにもなるソファ、あれほどカッコ悪いものはないし……。たぶん、置かないな。

彼が、チャリティーパーティーのオークションで、ガネーシャの置物を落札してきてくれた。大理石でできている16世紀のインドのもの。すっごくいい! 気に入った!

「帆帆ちゃんが好きじゃないかと思って」

だって。私がいないのに、よくこれを落とそうと思ったね〜。乳白色のガネーシャ。本当にいい!!! 今は会場にあずけてあるそうなので、後日取りに行こう。楽しみ。

11月13日(日)

たっぷり寝たけど、きのうの疲れが残ってる。

きのうも夫がサロンに迎えに来るまで起き上がれなかった。見た目に変化はないし、もうつわりもおさまったので実感がないけれど、体の中ではいろんな変化が起きているんだろう。

手紙を読み終わり、
プレゼントを開けて…
そのまま
起きあがれず……

妊娠14週目の様子というのをネットで調べてみた。ふんふん、なるほどね。

掃除機をかけて洗濯をして、サロンへ。共同通信の原稿を書いてから、ちょっとお昼寝。起きても相変わらず気だるく、続けて次の仕事をする気にはなかなかならない。

そのまま4時頃まで休む。

「つわりがほとんどなくなるこの頃は、生活を立て直す、見直す時期」とかなんとか書いてあったけど、無理……。

夜、パーティーのあった会場にガネーシャを受け取りに行く。

夫が荷物受け渡しの場所で名前を言ったら、担当の外国人（外国人が多い会員制クラブなので、スタッフが外国人はよくある）が「これかな」と言って、重そうに段ボール箱を引っ張ってきた。表面に「Tommy」と書いてある。

「トミーってさ、明らかに違うよね……いい加減だなあ（笑）」

ということで、もう一度名前を伝えたらようやく出てきた。

「Elephant Statue」と書いてある。ガネーシャも、価値を知らない人から見たら「エレファント像」。

サロンで、ガネーシャを仮設置。あまりに立派なので、どこに置くのがベストか考え中、とりあえず床に置く。取り急ぎ、花瓶からガーベラを1本抜いてガネーシャの前に供える。

11月14日（月）

今日は体調もよく、外もそんなに寒くない。

家中の窓を開けて換気。今日はスーパーフルムーンなんだって。

茶道に行く。茶花のほおずきがきれい。

サロンに戻ってきて、ガネーシャのポッコリとしたお腹をなでる。

場所を移動させたくてちょっと持ち上げてみたら、驚くほど重い。妊婦の体にはよくない重さなので、絨毯の上をズリズリとひきずって壁際の大理石の床に置く。

ネットでガネーシャのマントラを調べてみたら、「唱えるには最低１０８回が一区切り」と書いてあったので、今日は一回だけ唱えることにしよう。

12月に出る新刊につけるポストカードの絵を描く。

クリスマスバージョンと冬のバージョンのダイジョーブタ。


夜は、豚肉と小松菜のお浸しとミョウガと葱のお味噌汁と冷ややっこと酵素玄米（３杯）。

今日こそ……今日こそ食事を控えめにしようと毎日思うのだけど、またダメだった。

セドナに行ったら体を動かすので、それをきっかけにしようと思う。

11月15日（火）

今月は結婚のお祝いが多い。

みなさんへのお返しに、和光でちょっとしたプレゼントを21個買う。

和光って、いつ来ても相変わらず和光……（笑）。


セドナ行きの準備。一番大事なのは防寒具。絶対に冷やすわけにいかないので、雨の場合と雪の場合と、脱ぎ着できることをいろいろ考えて家でファッションショーをする。

ハイキング用に厚手のシャツを２枚、完璧に防寒されているパンツを２本、ダウンコート、手袋を買う。ニット帽と耳あても忘れずに。


夜は、このあいだの女子6人会のメンバーが、私と夫のお祝いをしてくれた。

丸の内の「アンティカ・オステリア・デル・ポンテ」。

おしゃれなTさんのお友達のお店。

今日という日にふさわしい個室だった。真下には東京駅。左右に長く伸びているネオン。

ここまで東京駅を左右隅々まで見下ろすのははじめて。10本近くもの線路が連なっている。

食事も美味しく、恥ずかしいほどいろんな写真を撮っていただき、楽しく過ごした。

帰りに、ビルの一階にあるクリスマスツリー前でもみんなで撮る。ツリーの下に置かれているプレゼントやおもちゃの兵隊さんなどを近づいてジーッと見る。

外は風がピューピュー。

11月17日（木）

午前中、夫の実家のお墓参りに行って、お母様たちとウナギを食べる。


午後、セドナの打ち合わせ。

一緒に行くウーちゃんとチーちゃんは、前世がセドナに関係があるらしく、独特のワクワク感があるようだ。私はまだそこまでは、ない。

でも、このメンバー（あとママさん）で旅ができるのはとても楽しいし、絶対に面白いことが起こると思う。いろいろ話して盛り上がっていたら、もう行かなくてもいいくらいに楽しくなってきた。ここがセドナみたい。

もうここがセドナ!?
え!?
じゃあ行かなくていいじゃん!!
いつでも
ここがパワースポット

11月20日（日）

今日は、私がはじめの本を出した頃から応援してくださっている方々が、結婚のお祝いをしてくださった。全部で17人。奥様たちも集ってくださって、とてもうれしい。

ひとりひとりとの歴史をしみじみと振り返った。

突撃インタビューのようなコーナーがあり、「ふたりの馴れ初めは？　お互いが結婚を意識したときは？　お互いのどこが一番好き？」というような定番の質問をされたけど、まったく答えを用意していなくて、私が上手に答えられなくて残念。彼は笑いを交えて上手にスピーチしていた。

人生の先輩カップルたちからの「一言で表す夫婦円満の秘訣」が面白かった。

みなさん、「忍耐」とか「許し」とか「感謝」とか言っていたけど、それを聞いても、たぶんこれからの時代の結婚というのは変わっていくだろうと思う。だって、選ぶ時点での基準が昔のそれとは違うし、お互いに求める姿も変わっているから当然だよね。

もちろん、一緒に暮らすというのは違う価値観のぶつかり合いなので忍耐が必要であり、許しが必要であり、感謝なのだろうけど、昔で言う「苦しくて当たり前」という感覚とは違うよね。同じ忍耐でも別の感覚の忍耐、たとえば夫婦がなにかに一緒に向かっていくときの忍耐であったり、「許し」にしても、片方だけが苦しく我慢した上での許しとは違うだろう。

それから、前からみんなが言っていた「一緒にいて楽な人と一緒にいるのが一番」というのには深くうなずける。

楽に感じる、というのは、ある程度価値観が近いからできることだ。

無理がないこと、楽なこと、これはすべてのうまくいく秘訣。

これまでのご恩に感謝して、初心忘れず進みます、ということを再確認した夜だった。

11月21日（月）

このあいだ感動したスパコンの話、「フリーエネルギーになって、お金の必要のない時代がやってくる、これまでの価値観がガラリと変わり、それぞれの人が本当に好きなことをやって生きることができる時代がくる、その好きなことに向かう作業こそが仕事（労働）になる」ということを、某有名大学の名誉教授に話したら、

「そんなこと言う人は頭がおかしい！」

といきなり言われて笑った。あまりの堅物な感じに（笑）。

こういう人って、いるんだよね〜。

いつも買い忘れて
やっと買った菜ばしを
食洗機に入れたら
折れた
… 残念

11月22日（火）

今日の夜は、中学からの同級生と。数えてみたら、大学を卒業して彼女の結婚式以来、会うのは8年ぶりらしい。

お互いに大人になって、子供っぽいところがなくなって、とてもいい噛み合い方だった。

心地よかった。彼女、すごく丸くなったと思う。でもきっとお互いにそう思っているんだよね。お互いを認め合っているいい感じ……最近、昔の友達と会うたびに同じような感想を持つ。

外資系の金融でバリバリ働いている彼女は、ふたりのかわいいハーフの男の子を生んだ今でも、第一線で相変わらずバリバリに働いていた。ひとり目が生まれたときなんて、仕事の合間に保育園に自転車で駆けつけ、お乳をあげてまた仕事場に戻るという生活をしていたという。

今でも、朝、仕事に出る前にスポーツクラブで鍛えているという彼女。そのバイタリティ、昔のまま。動きを止めたらダメになっちゃうタイプだね。

出産をした病院も一緒だった。いい再会だったな。

11月24日（木）

朝から雪が降っている寒い中、某ホテルでC姉さんとランチ。

C姉さんの最近の人間関係の話をじっくりと聞く。

テーブルのすぐ脇に給仕をする人たちの台があり、私たちのテーブルの脇を通るたびに床が響いて気になった。おまけに、私のサラダに髪の毛が入っていたとあとから謝られた。私は気付かなかったけど、お詫びに色鮮やかでこがわいいエクレアのセットが出てきた。

C姉さんは今回、このホテルのポイントが「期限内に使わないと切れてしまう」とホテル側から連絡があったため、それをわざわざ使うために今年の結婚記念日に泊まるホテルをここにしたのに、来てみたら、「もう切れていてポイントは使えない」と言われたらしい。おまけに担当者が中国人でただ「使えない」の一点張りだった様子……。このホテルはもう、ダメだね。日本人が日本にいながらホテルのフロントで日本人以外の人にサービスを受けるなんて。まして、クレームに近いことを話しているのだったら、すぐに話のわかる上の人が出てくるべきじゃないかな。

もし日本のホテルだったら、お客様がそういうことを言ってきた場合、たとえそれがお客様の勘違いだとしても、まぎらわしい対応をしたホテル側の説明をお詫びして、今回だけはポイントを使えるようにしてあげるんじゃないかな。少なくとも相手はポイントがたまっていたくらいの客なんだから。それがサービス業にいる人たちの動きなんじゃないかな……とか、ボーッと思う。

今日は本当に寒い。駐車場もしんしんとしていたので、急いで車に乗る。

11月26日（土）

12月の「神社で目覚めよ」というイベントで対談させていただく方に誘われて、「エシカル朝食会」というものに参加した。朝の7時半から、朝食を食べながら。

エシカル（倫理的）という言葉は、近年、環境保全や社会貢献という意味合いが強くなってきている言葉。フェアトレードやアニマルライツについて、様々な取り組みをされている人や企業の話を聞く。

終わってから夫と合流、病院の検診へ。

すべて順調、セドナに行くのも問題なさそう、とのこと。

そして男の子であることが判明。やっぱり!!

不思議だよね、どうして男の子が生まれてくるイメージしかなかったのか。

11月28日（月）

今日は、夫の友人とランチ。

最近、私たちのあいだで話題の「Mr.困った君」の話で盛り上がる。

結婚にまつわるいろいろなことで、人間模様がよく見えて面白い。誰に気兼ねすることなく、自分の好きなように自由に生きている人って意外と少ないんだな、と思う。

私は、そういう「縛り」が生まれそうな人間同士のお付き合いからできるだけ離れて生きてきた（守ってきた）けど、本当によかったと思う。

人にはそれぞれタイプ（得意、不得意）があるので、私はそういう人間同士のドロドロしたものと関わりたくない。

ドロドロしたものを含めたその人全体と付き合うことによる面白さ、そこから見える人間の深みや味わえる交流も当然あるけれど、それはあまり私の体験したい世界ではない。それはそれが得意な人にまかせよう。

得意なもの、不得意なもの、自分を知って、自分の人生に体験したいことに意識を向けよう。

11月29日（火）

セドナに行く前の最後の打ち合わせ。ウー&チー&ママさん&私。

直前の打ち合わせといっても特にすることはなく、気持ちを盛り上げるだけ。もうほんと、このメンバーでセドナを思っていれば、ここがセドナ。

ちょっと気がかりなのは天気。私たちの行く数日に雪マークがついている。

「天気、大丈夫だよね……」

「だいじょうぶ！　雨だったら雨でも大丈夫なところに行けばいいから」

「そうそう、雪でも雨でも楽しいことになるし」


帰って、ゴロゴロする。

真葛焼きの宮川さんに、結婚のお祝いに宝尽くしの夫婦茶碗をいただいた。宝尽くしって、見ているだけでくすぐったくなる。大事にしよう。

夜はお祝いの食事。O家の手料理、O家に来るのは久しぶり。

12月2日（金）

夫にクリスマスツリーを出してもらう。新居とサロンの両方なので一仕事。

明日からセドナだから今日は忙しいかな、と思っていたけど、荷物はもうできているので暇だった。ゆっくりと明日に備える。

12月10日（土）

3日からアラバマ州のセドナに行っていました。詳しくは『セドナで見つけたすべての答え 運命の正体』（KADOKAWA）へ。

12月11日（日）

セドナから帰ってきて、まだまだ体も心も完全にセドナのモード。

今日はホホトモのクリスマスパーティー。アークヒルズクラブ。セドナの波動で話をする。ホホトモさんにセドナの天然石を届けることができてよかった。本当にいいものばかり。余ったら私がいただこうと思っていたけれど、パーティーが始まる前にほとんどなくなっていた。楽しい時間はあっという間。

12月12日（月）

セドナでコツがわかった、「日常生活でいろいろなものを察知する感覚」、あれを忘れずに過ごしたい。目に見える世界と見えない世界は表裏一体、セドナではそれをリアルに感じられた。

サロンにセドナのコーナーをつくった。

いろいろな場所で集めてきた宝物たち。トランクから出して、開けないでおいたものをそーっと開ける。

ネイティブアメリカンの砂絵やホーリークロスチャペルで見つけた陶器、サボテンのオブジェ、ボルテックスの道で集めた木の実やロバートさんの石、そしてたくさんの天然石……セドナかぶれ。

12月15日（木）

憂うつなことを考えてモヤッと目が覚める。

「……セドナッ、セドナッ♪」と思い出して気持ちを持ち直す。余計なことに意識を向ける必要はないんだった。

スマホサイト「帆帆子の部屋」のシークレットルームの写真を撮る。今月は「私のクリスマス」。私がクリスマスのために毎年新しく購入しているものの写真。

「運命」というのは結局、その人の意識の集大成だと思う。その人が考えていること、意識を向け続けていることが形になったものが未来に現れる。だから運命はその人次第。変えようと思えば変えられるけれど、「自分の意識が引き寄せている」ということを本当の意味で理解しなければ変えられないだろう。「あんなにいい人があんなことに……」と見える場合でも、起こる物事はそれを起こす側と受け取る側の共同創造。そこにどんな意図があるかは他人にはわからない。

また、その理由が今の人生だけではなく、魂レベルで前の人生から受け継がれているものだとしても、それを含めて味わい、楽しむこと。枠を外して受け入れること。もっともっと本来の自由な存在になること。

そして、起こる事柄と幸せの量や質は関係ない。その人がそれをどう捉えるかだけ。

12月16日（金）

今日も「いつものあそこ」へお参り。

その後まぐまぐの本社でインタビューを受ける。というのも、「思想、精神」という分野で、２０１６年の「まぐまぐ大賞」を受賞したから。

社長とマスコットのまぐまぐ君と記念撮影もする。

外に出たら、ピューッとしたビル風でものすごく寒かった。最近ますます車でしか出かけていないので不覚……お腹の子供のために早く帰ろう。

12月19日（月）

茶道の先生が白寿を迎えられたので、そのお祝いのランチをオークラで。

急いで神田明神に移動して、環境学の山本良一先生や安倍昭恵さんと対談をする。

12月21日（水）

病院の定期検診。

今日はなんとなくいい気分。夫と未来の楽しい予定を相談したりして。

すると、病院で停めた駐車場の番号が111番だった。そういえば車の中で時計を見たらたまたま「11：11」で、ふたりで「あ♪」と言ったな。そのあと病院に入るところでも前の車のナンバーが1111だった。

受け付けをすませて、いつものように血圧を測ったら、下が111もあった。

「これはなにかの間違いだよ。もう一度測ってみたら？」

と彼が言う。

たしかに私はいつも低血圧で、上でも100を超えることがあまりない。そこでもう一度測ったら、いつもと同じような値になった。

「111を見せるためだったのかな（笑）」なんて言い合う。

子供ちゃんは相変わらず元気に動きまわっているようだ。みんなこんな感じじゃないかと思っていたら、静かな子は静からしい（笑）。うちのは、検査のたびに逃げるようにして動いている。先生も、アメリカ留学時代にセドナに行ったことがあるらしくて、私の本の話でも盛り上がった。

帰り、お蕎麦でも食べて帰ろうということになって、近くのお蕎麦屋さんまで歩いていたら、脇に停めてあった車のナンバーが1111、その横を通りすぎた車も1111だった。

「なんなんだろうね、今日は」

帆「今、なに考えてた?」

「今晩のチャリティーパーティーのこと」

帆「じゃあ、それがきっと楽しいってことだよ」

「そうだね」


夜、そのチャリティーパーティーへ行く。

安倍昭恵さんと本田勝之助さん主催の「TAKE Peace Project」。略して「TPP(笑)」。熊本の地震のときに、現地の青年たちが現地の状況をSNSで広めたところ、その人たちと知り合いだった人たちが力を集結して助けとなったため、「いざというとき、自分はなにをお手伝いできるか」を事前に登録しておいて、有事のときに役立ててもらう、という仕組み。

たとえば、避難用の空き地を提供できる、○○という物資を運べる、ボランティアスタッフとして動ける、寄付できるなど、できる内容が具体的に登録されていることが重要。どんな用途で使われたか不透明な寄付より、ずっといいと思った。

いつもの大好きメンバーや懐かしい人たちや、「やっとついに会えたあの○○さん!!」という人などもいて、楽しかった。

その中のひとり、弟の同級生のお姉さんで、私の夫もよく知っているYさんにも、ついに会えてよかった。浅見家では一時期評判の一家だったし、お姉さんご夫妻は夫もよく知っているし、弟もYさんのことをY姉ちゃんと言ってかわいがってもらっていたようなので、会えてとてもうれしい。

「○○ちゃん(私の弟)とこのあいだ会ったけどね、変わってなくてほんとかわいかった~!!!」なんて、35歳の私の弟のことを「ちゃん付け」で呼ぶあたり、幼馴染のよさだな。

12月22日(木)

たまに寄稿している「船井メールクラブ」というメルマガの原稿を書く。去年も一年の終わりの回の依頼だったので、いつも今年のまとめのようになる。

夜はコバケン先生の第九。

一部のパイプオルガンのはじめの一音が響いたときから感動した。この響き、いつも懐かしい気持ちになる。

そしてコバケン先生の第九は申し分なく、ツーッと涙が……。まさに、歓喜の歌。

中等部のときの国語の先生に会った。私がいた頃は新任の先生だったのに、偉くなってた。

12月23日（金）

今年の夏からずーっとお世話になっているアマゾンの「Fire TV」。

この数日は、『JIN―仁―』を最後まで観てしまった。そして、綾瀬はるかが演じる武士の家の清潔さと規律正しさに触れて、身のまわりをきれいに整えてきちんと暮らそうなんて思った。

さて……明日食べるレアチーズケーキでもつくろう。

夜は、夫とバレエ。シンデレラ。

クリスマスシーズンのバレエは外せない。最近シンデレラが続いているので、次は『白鳥

の湖』が観たいな。それか、『ジゼル』かな。

12月24日（土）

私の希望で家でのクリスマス。今の体調では家のほうが断然居心地がいい。

サラダ2種、キッシュ、カナッペ、サーモンのクリームチーズ巻きをつくり、チキンを焼く。きのうのレアチーズケーキにラズベリーを飾る。

色鮮やかな美味しそうな料理が次々と出てくるのを見て、「変われば変わるものねぇ……」とママさんがビックリしていた。

テレビでは『スノーマン』が流れている。

穏やか……。来年は、ここに子供ちゃんがいるのかぁ、とボーッと思う。

12月27日（水）

青学初等部の同級生ふたりが遊びに来る。それぞれおチビちゃんを連れて。

ひとりは第一子、もうひとりは第三子、半年違いの女の子。第一子の親のMは大量の荷物をバギーにのせ、うちまでご主人が送ってくれてやって来た。一方、第三子のMのほうは、肩掛けバッグひとつで子供を抱えて、ササッと現れる。

何事も慣れだね。授乳のときも、私が気づかないうちに洋服の下でササッとすませていた。

かわいいふたりのチビちゃんと遊ぶ。

ファーストシューズをもらった。キャッ、こういうのはじめて。

12月28日（水）

今年最後のネイルへ。

私の担当さんは、妊娠したとき20キロも太ったらしい。20キロ!?

「でも、そのあとに妊娠した別のスタッフたちも20キロくらい増えていましたよね」

ともうひとりが言っていたけど、20キロって、どうやってもそんなには増えないいんじゃないだろうか……。だって私、つわりのときに、夜中に毎晩おにぎりを数個ずつ食べて、野菜もいっさい食べずにお肉とか天ぷらとかそんなものばかり食べてたけど、それでもそんなに増えていないから、20キロ増えるって相当のものじゃないだろうか。

まあでも、徐々に徐々に、だからね。10ヶ月かけて少しずつ太っていくってのが恐いよね。健康的に順調に太る、という感じだ。

でもやっぱり20キロというのは何度考えてもすごいので、しばらく経つとまた、

「ねえ、さっきの20キロの話だけど……」

と何度も話を戻して聞いた。

終わってから、近くのスーパーへ。

ここ、今まで来たことなかったけど、便利。種類が豊富だし、ひとつの場所でなんでも揃う。薬屋さんもついているし、日用品のコーナーも広いし、私の好きな「サンジェルマン」も入ってる。

さっそく、大好きな「マヨナンロール」を4つ買った。

必要なものを入れていたらどんどんカートが重くなり、最後に鏡餅まで買ったので、これはタクシーで帰ろうと思ったけれど住宅街なのでまったく来ない。

途中で、「あ、これはお腹によくないかも……」と思ったけど、なかなか来なくて、結局最後まで歩いてしまい、部屋に着いたら体調が悪くなった。ちょっとお腹が痛くなって気持ちが悪いという感じ。

セドナでの初日、トレッキングをちょっと頑張っちゃったときと同じ感覚だ。

しばらく横になる。

12月29日（木）

全身がだるいので午前中はゆっくり過ごすことに決めた。

ママさんと電話。

なんていうことはない会話を一時間ほど。

そして、「話しているのもなんなので」ということで、結局来た。

ベランダに置く植木をたくさんと、お昼のサンドイッチを持ってきてくれた。食べ物が運ばれてくるまで横になってテレビを見ている私の生活ってどうよ……と思ったけど、まあ今は仕方ない。体のことを一番に考えよう。

↑その後、出産したら
ますます食べ物が運ばれるのを待つ生活になったの

12月30日（金）

さて、今日はママさんと年末の買い出しへ。

このあいだ行ってすごくよかったスーパーに、今日は車で。駐車場に着いたら、ちょうど一台出ていって入れた。

年越し蕎麦やお雑煮、お正月のお節に必要なものを買う。今年は弟の家でお正月をすることになったので、お節は準備しなくて大丈夫。おとといの私とまったく同じお菓子とパンをママさんが買っているので笑った。

12月31日（土）

大みそか。

今年は本当にいろんなことがあったね……と夫としみじみと語る。

どんな変化も、突然だったけど自然。なるべくしてなったという感じ。

結婚によって、いろいろなことが整理されたのもよかった。ものの整理、人の整理、やるべきことの整理。

「楽しかったなぁ」

とつぶやいたら、

「まだまだこれからだよ」

と夫が言った。

これから年越し蕎麦をつくる。

あとがき

2016年は、タイトルのとおり「突然の変化」の多い一年となりました。

ただ、状況としては「突然」でも、それにつながる流れは事前にしっかり起きていたので、当時の私にとっては〝突然だけど自然〟だったのです。

「きゃあ、ビックリ……でも、なるようになった……」という感じです。

また、結婚によっていろいろなことが整理された一年でした。人、もの、仕組み……本当に必要なものだけが残り、未来の新しい生活にとって必要のないものは整理されてシンプルになりました。

環境の変化は変われるチャンス、やはり、その変化に応じて大掃除が起こるのですね～。


いつも私の一年にお付き合いくださり、ありがとうございます。

今後は新しい家族共々、どうぞよろしくお願いします。

浅見帆帆子

著者へのお便りは、以下の宛先までお願いします。
〒101－0052　東京都千代田区神田小川町2－3－13 M&Cビル7F
株式会社廣済堂出版　編集部気付
浅見帆帆子　行

公式サイト
http://www.hohoko-style.com/
公式フェイスブック
http://facebook.com/hohokoasami/
浅見帆帆子ファンクラブ「ホホトモ」
http://www.hohoko-style.com/club/

本書は書き下ろしです

変化はいつも突然に……

毎日、ふと思う⑯　帆帆子の日記

2017年9月20日　第1版第1刷

著　者 —— 浅見帆帆子
発行者 —— 後藤高志
発行所 —— 株式会社廣済堂出版
〒101－0052 東京都千代田区神田小川町2－3－13　M&Cビル7F
電話03－6703－0964（編集）　03－6703－0962（販売）
Fax 03－6703－0963（販売）
振替00180－0－164137
http://www.kosaido-pub.co.jp
印刷・製本 —— 株式会社廣済堂
ブックデザイン・DTP —— 清原一隆（KIYO DESIGN）

ISBN978-4-331-52118-2 C0095